William Shakespeare

诗体插图珍藏本莎士比亚作品集

温莎的风流娘儿们

The Merry Wives of Windsor

方平 译

上海译文出版社

诗体插图珍藏本莎士比亚作品集

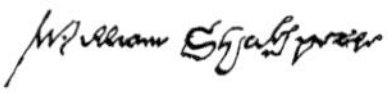

《驯悍记》 The Taming of the Shrew 方平 译

《仲夏夜之梦》 A Midsummer Night's Dream 方平 译

《捕风捉影》 Much Ado About Nothing 方平 译

《温莎的风流娘儿们》 The Merry Wives of Windsor 方平 译

《第十二夜》 Twelfth Night; or, What You Will 方平 译

《威尼斯商人》 The Merchant of Venice 方平 译

《皆大欢喜》 As You Like It 方平 译

《罗密欧与朱丽叶》 The Tragedy of Romeo and Juliet 方平 译

《哈姆莱特》 The Tragedy of Hamlet, Prince of Denmark 方平 译

《奥瑟罗》 The Tragedy of Othello, the Moor of Venice 方平 译

《李尔王》 The Tragedy of King Lear 方平 译

《麦克贝斯》 The Tragedy of Macbeth 方平 译

《雅典人泰门》 The Life of Timon of Athens 方平 译

《居里厄斯·恺撒》 The Tragedy of Julius Cæsar 汪义群 译

《安东尼与克莉奥佩特拉》 Antony and Cleopatra 方平 译

《亨利四世》（上下篇） King Henry IV 吴兴华 译 方平 校

《理查三世》 The Tragedy of King Richard III 方平 译

《冬天的故事》 The Winter's Tale 张冲 译

《暴风雨》 The Tempest 方平 译

《莎士比亚十四行诗集》 The Sonnets 屠岸 译

前　言

当福斯塔夫出现在伦敦舞台上，成为逗得当时的观众满场大笑的角色时，英国的封建主义的全盛时期早已过去了。那些附庸于日益没落的大封建主的封建骑士，终于落到了“英雄无用武之地”，开始从他们本阶级中游离出来，有些流落江湖，成为不务正业的游民、浪人；福斯塔夫就是其中具有典型意义的一个。

在《温莎的风流娘儿们》里，这个既失落了生活理想，又丧失了经济来源的社会渣滓，已落到了穷途末路、混不下去的地步了。今日有酒今日醉，成为他的全部人生哲学，什么封建骑士的荣誉、道德、侠义精神，全都见鬼去吧！甚至连他的灵魂都随时可以出卖；他拿灵魂给他那做小偷的下手在人前做担保，只为了分得区区十五个便士的贼赃！①所以当他听到傅德大娘和裴琪大娘这两个富裕的市民的妻子手里掌管着她们丈夫的钱财，就垂涎欲滴地宣称：

> 她就是圭亚那的金山银山。我要去接收这两个娘儿的家产；她们俩就好比我的国库。这两个娘儿，一个是我的东印度，一个是我的西印度，这两笔生意买卖，我一笔也不放过。②

这真是不堪回首话当年！当初出入宫廷，向贵妇人献花、献情诗，以至献出生命的侠义骑士，现在却只能躲在凄凉的小客店里，向他所一向看不起的小市民的老婆投寄“情书”了。“爱情”，对他来说，已堕落到只是一笔不要本钱的“生意买卖”罢了；而中世纪骑士文学中保护妇女、崇拜情人、以她的名义行侠四方的风流骑士，时至今日，一落千丈，堕落为诈骗妇女的拆白党了。他公然宣称：看中人是假，看中金钱是真：

> 他家里有大堆大堆的钱呢。我正是看中了他的这个，他那老婆才让我看中的。我要拿她当做一把钥匙，去打开这个王八奴才的金库银库……③

傅德大娘的丈夫听得风声，探到动静，恐慌起来，叫苦连天：——

① 见第二幕第二景。
② 见第一幕第三景。
③ 这里及以下两段引文均见第二幕第二景。

我的银箱要给盗空了！

他首先着急的是他的银箱。当然，连同银箱，他的老婆也要被人偷了，而对于这位殷实的市民来说，妻子就是家庭里的另一项重要财产。这样，偷“情”的福斯塔夫和捉奸的丈夫，实际上展开了一场盗窃和保卫私有财产的白热战！

傅德甚至乔装改扮，化名“白罗克”。去向福斯塔夫探听敌情。这一段异想天开的插曲，真可说是神来之笔！对于妇女都是那么鄙视，这二人可说是臭味相投，因此很谈得下去；而二人之间的尔虞我诈的“秘密协定”把他们这一场斗争的不义的性质充分暴露出来了：

——你不用愁钱不够用，约翰老爷；我不让你短少一文钱使用。

——你不用愁傅德大娘弄不到手，白罗克大爷；我不让你缺少一个傅德大娘玩弄。

福斯塔夫自以为人财两得是稳的了，踌躇满志，说话格外放肆，竟在“傅德大娘”的前面荒唐地加上了“一个”，把她和可以被计数、被随意支配的金币银币完全等同看待！多么荒唐无耻，但又多么真实地显示了这个人物的肮脏思想！

值得赞美的是莎士比亚笔下的妇女形象。

妇女在当时还处于屈辱的社会地位，而属于市民阶层的妇女，社会身份更低微些。但是莎士比亚笔下的傅德大娘，表明了妇女自有她坚定的意志，敏捷的机智，有她独立的人格，懂得怎样保卫自己的荣誉。那订立“秘密协定”的双方为了防范和争夺她和她的银钥匙，正在那儿钩心斗角，全力以赴；可没想到却被傅德大娘把他们俩同时玩弄在掌股之中：

真让我开心死了——我说不出究竟是我男人上了我的当，还是约翰爵士上了我的当，让我这么开心！①

她真是富于应变的机智，从容自如，将计就计，在裴琪大娘的配合下，打了一个漂亮的大胜仗。妄想人财两得的坏人受到了应有的惩罚——被当做一筐肉屑、肉骨头般扔进了泰晤士河，还加上一顿痛打；轻视妇女的丈夫闹了大笑话，得到应有的教训，从此端正了对待妻子的态度。

女儿争取婚姻自主是喜剧的另一条故事线索。父亲一心要把安妮嫁给有田有地、但是痴愚的小乡绅；母亲呢，一心要她嫁给性格暴躁、但是有钱有体面、出入宫廷的法国大夫。女儿拿定主意，决不能让别人来支配自己终身的命运，态度十分坚决：

唉！要我嫁给那个医生呀，
我宁愿让你们把我活埋了，杀了！②

---

① 见第三幕第三景。
② 见第三幕第四景。

被她父亲看中的有田有地的小傻瓜“女婿”，硬起头皮，前来求婚，聪明的安妮让他出足了洋相，这小傻瓜心慌意乱，手足无措，只知道越早承认自己根本无意求婚，也不在乎求得成求不成，都是人家布置了圈套让他钻罢了——越早如实交代，越能趁早脱身，其他一切他都顾不上了。于是他的“求婚”以告饶、招认、交白卷告终：

> 拆穿了说，本来，我自个儿跟你有什么好谈的——河水不犯井水嘛。都是叫你的爸爸、我那舅舅，他们俩闹腾起来的。要是我运气好，那也罢了；不然的话，让别人去称心吧！①

这小子不仅在观众的大笑声里暴露了自己，同时也把建筑在金钱上的买卖婚姻、包办婚姻的荒谬可笑、可卑可耻，通过夸张的喜剧手法，淋漓尽致地揭露出来了。

最后，安妮阳奉阴违，瞒过爹娘，终于甩掉那两个讨厌的求婚者，和自己的情人秘密结了婚。当范顿用这样一番话宣告他们的喜剧性的最后胜利时，对于她的父母，真像突然来了一个晴空霹雳：

> 你们的主意可就是要她嫁人，
> 不管她跟对方有多少的“爱情”——

---

① 见第三幕第四景。

像这样的嫁人真是丢尽了脸。……
她干下了“错事”，可这错误是神圣的；
她骗了爹娘，这欺骗，说不上奸诈，
说不上不孝，说不上违抗家长……①

这里并没有因为违抗了家长的旨意，而含羞带愧地乞求宽恕。相反，可耻的、应该受到谴责的倒是那没有感情基础、违反本人意愿的封建婚姻。根据旧道德观念，不服从家长的命令，争取婚姻自主，是“干下错事”；可是从一代新人看来，“这错误是神圣的！”套不上“奸诈”、“不孝”的罪名。

范顿这一段话，理直气壮，分明是一种坚定的信仰，是一种属于新的时代的新的道德观、新的伦理观；它鲜明地、相当完整地在爱情和婚姻的问题上表达了文艺复兴时期人文主义者的观点。

有情人终成眷属，取得最后胜利。在婚姻问题上紧抱着封建思想的父母眼看“生米煮成了熟饭”，无可奈何地和女儿女婿取得了谅解。他们各有一肚子打算，却都落了空。冷眼旁观的福斯塔夫发现他的翻本的机会来到了。他一再受骗上当，吃足苦头，现在他也有话说了：“我太高兴了，你们像埋伏在坑里的猎人那样算计我，原来你们射出去的箭却也会落个空！”

整个喜剧在热闹轻松的气氛中结束时，莎士比亚这位喜剧大师，又通过福斯塔夫的口，把话头一转，意外地使喜剧展现

① 见第五幕第五景。

了一种新的境界。

福斯塔夫由于存心不良，活该受到捉弄，得到了应得的惩罚——这扬善惩恶本是一般文艺作品所乐于宣扬的伦理道德。可是那些捉弄福斯塔夫的人，由于他们自身也存在着旧思想，热衷于包办婚姻，同样落到了可笑的境地——既取笑别人，又不能不让别人取笑。莎翁在这里超出于一般的道德戒律，悄悄地引进了对人生的一种哲理性思考：

这么看来，我们还处在发展、自我完善过程中的人类，免不了会有这样那样的缺点——“神啊，你把一些缺点给予我们，好使我们成为人。”① 因此难免会有这样那样可笑的地方。从一个心胸宽广、富于乐观主义精神的人文主义者的眼里看去，只要你善于发现，我们人类社会里到处都有喜剧性的绝妙题材。可以这么说吧，在欣赏莎翁的优秀喜剧时，我们从那温暖的富于人情味的笑声中，发现了自己——原来我们不仅在笑别人，要知道同时也是在笑自己啊。

① 莎士比亚悲剧《安东尼和克里奥佩特拉》中的名句。

The
Merry Wives of Windsor
温莎的风流娘儿们

Act I. Sc. 1.

剧中人物

傅　　德	温莎的绅士
傅德大娘	
裴　　琪	温莎的绅士
裴琪大娘	
安　　妮	她的女儿
威　　廉	她的幼子
范　　顿	青年贵族，安妮的情人
约翰·福斯塔夫爵士	
巴 道 夫	他的跟班
火　　枪	他的跟班
尼　　姆	他的跟班
罗　　宾	他的童儿

夏　　禄　郡民事法官
史 兰 德　他的外甥
辛 仆 儿　史兰德的仆人

休·伊文　威尔士牧师
凯 乌 斯　法国大夫
桂　　嫂　他的女仆
鲁　　贝　他的仆人
“吊袜带”客店的店主

裴琪、傅德两家的仆人
当地的儿童们等

场　　景

温莎及其附近①

---

① 最早的“对开本”未附人物表；“剧中人物”系第一个莎剧编者罗氏所加。夏禄（Shallow）意为“浅薄”。史兰德（Slender）意为“单薄”“纤细”，此人该是瘦长个子。“火枪”（Pistol），意为火性子。辛朴儿（Simple）意为“简单”。桂嫂（Quickly）意为“勤快”。福斯塔夫（Falstaff）从“false”（虚伪）一字而来，都与人物性格、身份、外形有一定关系。

第 一 幕

第 一 景　　裴琪家门前

［法官夏禄，其外甥史兰德，休·伊文牧师上］

夏　　禄　休牧师，别拦着我吧；碰上这档子事儿，我还能不闹到京里的大法院去吗？哪怕他是二十个约翰·福斯塔夫爵士，他也不能欺侮到我罗伯特·夏禄老爷的头上来呀。

史兰德 我舅舅是格洛斯德郡的民事法官，还是个“探子”呢。

夏　禄 对了，外甥，还是个“推事”——明摆着是个“宗卷推事”① 呢。

史兰德 对了，外加还摆了个“摊子”——葱韭摊子呢。牧师老人家，他是乡绅人家的子弟；他拿起笔来就给自己写上了“老太爷”——不管是公文、委任状、收据、契约，他都写上这三个字：“老太爷”。

夏　禄 说对了，我倒是这么写来着——咱们家这三百年来总是这么写来着。

史兰德 赶在他前头的子子孙孙，没有一个不是这么写来着；落在他后头的祖祖辈辈，② 一个个都会跟着他这么写。咱舅舅家的纹章上描着十二条白梭子鱼呢。

夏　禄 这是老纹章了。③

牧　师 十二个白虱子，这倒是篇老文章了。要知道虱子这东西跟人混得极熟极熟，早就打成一片了呢。它是爱

---

① 宗卷推事，治安法官中的首席法官，兼管案卷。原文为拉丁文：“custos rotulorum”，夏禄误念为“custalorum”。

② 应说：“赶在他前头的祖祖辈辈”，“落在他后头的子子孙孙”。史兰德是个低能儿，说话总是七颠八倒。

③ 欧洲封建贵族都各有代表族系的象征性图形（纹章）；老纹章意即世家悠久。可以想见，夏禄说这话时，面有得色。

的象征。①

夏　　禄　白梭子是淡水鱼；那咸水鱼就叫做老鳕鱼。

史 兰 德　这十二条鱼我都可以“借光”②，舅舅。

夏　　禄　你可以，等你娶了大娘子，你可以借你妻家的光。

牧　　师　家里的钱财都让人借个光，这可坏事了。

夏　　禄　没有的事儿。

牧　　师　可坏事呢，圣母娘娘；要是你有四件裙子，让人“借光”了，照我简单的心算，那就一件不剩了。可是闲话少说，倘使约翰·福斯塔夫爵士说话不知高低，把你给得罪了，那么我本是上帝的仆人，乐于出面替你们俩打个圆场，免得彼此伤了和气，也是好事。

夏　　禄　我少不得要告到京里的大法院，让大法院也听听——这简直是目无王法。

牧　　师　让京里的大法院听见目无王法，这事可要不得；目无王法，就是目无上帝。京里的大法院，你听我说，只希望听到大家个个敬畏上帝，可不爱听见什么目无王法。你还是三试而行③吧。

夏　　禄　嘿！拿我这条老命打赌，要是我还是当年年少气盛的我，我早就跟他用刀子拼啦。

---

① 当时有“虱子是叫化的老朋友”的取笑的说法。

② 借光，原文“quarter”，纹章学中的术语，指把另一家族（例如妻族）的纹章中的图形移入本家族的纹章而言。

③ 三试而行，应为“三思而行”。牧师说话带着浓重的苏格兰口音。

牧　　师　刀碰刀，不如手握手讲和好。我另外还有个主意在这里，说来倒是一件美事儿呢——乔治·裴琪大爷家里有一位闺女，叫安妮·裴琪，她真是个标致的大姑娘呢。

史 兰 德　安妮·裴琪小姐吗？她披着一头棕色的头发，开口说话，细声细气的，像个娘儿。

牧　　师　不是别人，正是我说起的那个人儿——比她更称心的小姐你到哪儿去找？她的爷爷临死的时候——上帝保佑他升了天，快乐逍遥去吧！——留给她七百个金镑，还有金器银器，但等她满了十七岁。①咱们且慢叽叽咕咕，吵吵闹闹，先给阿伯拉罕·史兰德少爷和安妮·裴琪小姐去说个亲吧，岂不是好？

夏　　禄　她的爷爷给她留下了七百个金镑吗？

牧　　师　对了，她的老子另外还有一笔陪嫁呢。

夏　　禄　我认识这位年轻的小姐，人是聪明的，什么都拿得起来。

牧　　师　七百个金镑，搞得好，还不止这数目呢——你还嫌这陪嫁少吗？

夏　　禄　好吧，我们且进去看看正派的裴琪大爷吧。福斯塔夫也在里边儿吗？

牧　　师　要不要我向你当面撒谎呢？我顶瞧不起的就是那种撒谎的人了，正像我瞧不起那种说假话的人，或者

---

① 意即安妮满了十七足岁，这些钱财都归给她。

是正像我看不惯那种不老实的人。约翰爵士老爷是在里边儿；请你听我一句话，忍耐着点儿，我不会让你吃亏的。待我来敲门求见裴琪大爷。
(叩门)喂，有人吗！上帝祝福你们这一家！

[裴琪应门的声音："外面是谁？"]

牧　师　上帝降恩吧，这儿来了你的朋友，还有夏禄法官；还来了史兰德少爷。说不定有一宗好事儿要跟你谈呢——要是大家谈得倒还投机的话。

[裴琪开门上]

裴　琪　我真高兴，看见各位爷们个个都好。夏禄老爷，我还得谢谢你送我的鹿肉呢。

夏　禄　裴琪大爷，跟你见面真高兴；你心好人好，祝你运气同样好！送给你的鹿肉可真不像话；说起这鹿，也是死于非命呢。我那裴琪大嫂子可好吗？——多谢你，嗳！我没有一次不是真心诚意多谢你。

裴　琪　太爷，该我向你道谢。

夏　禄　大爷，该我向你道谢；反正是这句话，我向你道谢。

裴　琪　跟你见面高兴得很，史兰德好少爷。

史兰德　大叔，你那头淡黄色的长腿狗怎么样啦？听人家说，那次高莎山[1]的跑狗会，它跑不过人家呢。

裴　　琪　跑得过跑不过，这话就难说了，少爷。

史 兰 德　你不肯认输罢了，你不肯认输罢了！

夏　　禄　他怎么能认输呢。这不关狗腿的事，这是狗鼻子，这是狗鼻子。[2]那可是一条好狗呢。

裴　　琪　一头狗杂种罢了，太爷。

夏　　禄　大爷，那是一条好狗，一条好漂亮的狗；谁能不这么说呢。又好又漂亮。约翰·福斯塔夫爵士也来了吗？

裴　　琪　太爷，他也在里边儿呢。我真愿意我能给你们两位打个圆场。

牧　　师　说这句话，不愧是个好基督徒。

夏　　禄　裴琪大爷，他欺人太甚了。

裴　　琪　太爷，他也有几分承认不是了。

夏　　禄　承认了并不就了事了呀，你说是不是呢，裴琪大爷？他欺人太甚；可不是，太欺人了——一句话，太欺人了——相信我好了！（指着自己）这是罗伯特·夏禄乡绅老爷说的话：人家欺侮到他头上来了。

裴　　琪　约翰爵士来啦。

［约翰·福斯塔夫爵士，他的跟班火枪，

---

① 高莎山，格洛斯德郡的小山，是当时的游猎地区。

② 意谓并非裴琪家的猎狗跑得不快，而是追踪猎物时忽然中断了气味的线索。

巴道夫，尼姆自屋内上]

福斯塔夫 我说，夏禄老太爷，你要到王上面前去告我一状吗？

夏　　禄 爵士，你打了我的人，杀了我的鹿，硬闯进了我的门房。①

福斯塔夫 可是没有香过你那看守人的女儿的面孔吧？

夏　　禄 放肆！还像话吗！这笔账我也要记下来。

福斯塔夫 有账当场就算吧。这一切全是我干的。怎么样，我已经包下来啦。

夏　　禄 我可要告状告到京师衙门去。

福斯塔夫 我看你还是告状告在你自个儿后门口吧，免得闹得大家笑话你。

牧　　师 “少讲为妙”，约翰老爷，大家好言好语吧。

福斯塔夫 好言好语！我倒喜欢好酒好肉呢。史兰德，我打破你的脑袋瓜儿了吗，你也有什么事儿跟我过不去的？

史 兰 德 哎呀，老爷，我的心里头是有件事儿对你不乐意——也不乐意你那些吃“兔崽子”肉的流氓：巴道夫、尼姆、火枪。他们带我到酒店去，把我灌个醉，我身边的钱袋就给他们偷走了。

① 意谓闯入了夏禄的林苑。门房，指林苑看守者住宿的小屋而言。

巴道夫 （拔剑，恫吓他）你这块风都吹得动的[1]臭干酪！

史兰德 （故作镇定）好，这有什么大不了。

火　枪 （拔剑，威胁他）怎么啦，见不得人的鬼影儿！

史兰德 （越发心慌了）好，这有什么大不了。

尼　姆 来一个薄片儿，[2] 我说！“闲话少说”；来一个薄片儿！我就有这个胃口。

史兰德 我的跟班辛仆儿在哪儿呀？舅舅，你知道吗？

牧　师 别争吵了，请大家听我说吧。咱们来研究研究。这件事儿就我所知，有三个公证人；那就是：裴琪大爷——即裴琪家的大爷是也；还有我自个儿——即我本人是也；[3] 这三个公证人的最后一位，也就是末了一位，是“吊袜带”客店的老板。

裴　琪 我们三个，要听一听双方面的话，大家就此把事情说开了。

牧　师 说得好。我要把大概的情形在手册上记下来；然后，我们能多么用心就多么用心，研究出个调解的办法来。

福斯塔夫 火枪！

---

① 风都吹得动的，极言其薄。史兰德该是个瘦子；他这名字“Slender”即有“纤细”“单薄”之意。

② “新莎士比亚版”加舞台指示“用刀刺他一下”，仿佛史兰德真是一块“臭干酪”，可以让人切成薄片儿似的。于是史兰德绝望地嚷道：“我的跟班辛仆儿在哪儿呀？”

③ 即……是也，原文是拉丁文。牧师喜欢卖弄自己的身份，说话总是夹用拉丁文。

火　　枪　他用两只耳朵听见了。

牧　　师　见他妈的鬼！这算什么话？——“他用两只耳朵听见了”！嘿，这是弯着舌头说话嘛。

福斯塔夫　火枪，你有没有扒过史兰德少爷的口袋？

史 兰 德　对，凭我这一双手套起誓，冤枉不了他，否则我从此再也不跨进我家那个大厅堂！他扒去了我七个卷边银币，都是造币厂出来的六便士，两个玩儿用的“爱德华”银币，[①] 那是我用两先令两便士换一个换

① 指爱德华六世（1547～1553）时所铸造的银币，每枚值一先令，在莎士比亚当时，已少流通。

来的——我敢凭我这双手套起誓!

福斯塔夫 是真有此事吗，火枪?

牧　师 不，是岂有此理——要是当真扒了人家的口袋。

火　枪 嘿，你这山沟里的土包子①!

约翰爵士，我的主人，

我要跟这歪“枪杆儿”一决雌雄。

亏你这两片嘴唇，倒会昏话连篇!

你这人渣，你胡说什么!

史兰德 (指着尼姆)凭这双手套起誓，那么是他了。

尼　姆 说话留点儿神，哥儿，说罢休便罢休。你要是板起脸儿，偏跟我来个惊官动府，那么别怪我不客气了——我先在这儿向你露这么一点儿口风。

史兰德 (指着巴道夫)凭这顶帽子起誓，那么是那个红面孔干的了。你们把我灌倒之后，我自个儿干了什么事，虽说我已经记不起来了，然而我还不是一头道道地地的蠢驴呢。

福斯塔夫 (向巴道夫)你怎么说，我的红面孔“约翰”? ②

巴道夫 呃，老爷，让我说，那么我说这位少爷那时候喝酒喝得“兵丁大醉”……

---

① 山沟里的土包子，指休牧师，他是多山的威尔士人。枪杆儿，指瘦长的史兰德。

② 关于巴道夫的红面孔，参阅《亨利五世》第三幕第六景:“他满脸都是酒刺呀，疮呀，疖子呀，红得像一团火光。”约翰是英国民间英雄罗宾汉手下的人物。

牧　师　该是“酩酊大醉”吧——呸，真是无知！

火　枪　他喝醉了，老爷，像俗话所说的，给人“破财”了，结果怪三怪四，倒怪到我头上来了。

史兰德　哎，那天你还说拉丁文来着；可是这有什么大不了。我这辈子再也不喝酒了；要喝也得跟那些规规矩矩、文文气气的上等人一起喝，只因为我上过一回当啦。要喝酒，也得跟那些敬畏上帝的人一起喝；我才不跟那班酒鬼奴才混在一起呢。

牧　师　老天在上，这才是一个有德行的人该说的话。

福斯塔夫　各位大爷，你们都听得，这些话一句句都给驳回去了；你们都听见了吧。

［安妮端酒杯自屋内上，傅德大娘、裴琪大娘随上］

裴　琪　不，女儿，把酒端进去；我们到里边去喝吧。

［安妮端酒杯入内］

史兰德　噢，天哪！她就是安妮·裴琪小姐。

裴　琪　你好哇，傅德大嫂！

福斯塔夫　傅德大嫂，实话实说，见到你才高兴呢。你不见怪吧，好嫂子。［吻她］

裴　琪　娘子，来欢迎这几位爷们吧。来吧，我们家里烧好一盘火热的鹿肉包子。来吧，我希望大家在干杯的时候，有什么过不去的，都一饮而尽吧。

［除夏禄、史兰德、休牧师外，皆入内］

史 兰 德 这会儿让我手里有一本《情歌和十四行诗集》①，那给我四十个先令我都可以不要。

① 《情歌和十四行诗集》，英国贵族萨利（Earl of Surry，1516～1547）等人所著，1557 年版，当时颇受欢迎。

［辛仆儿上］

怎么啦，辛仆儿！你倒是在哪儿呀？难道要我自个儿伺候自个儿？要我伺候自个儿不成？你把《谜语大全》① 带在身边吗？——带来了没有？

辛 仆 儿 《谜语大全》！咦，你不是早借给肖开家的爱丽丝了吗？就在上一次万圣节——圣迈克尔节②前的两个礼拜，你借给她的。

夏 禄 快来吧，外甥；快来吧，外甥！我们在等候你哪。我有句话跟你说，外甥——好吧，是这样的，外甥：方才难为人家好心——这也说得上一片好心——休牧师绕了个弯儿跟你也提起过了——你懂得我的意思吗？

史 兰 德 呃，舅舅，你会看出来，我其实是个懂道理的人；有事没事，凡是讲道理的事我没有不答应的。

夏 禄 不，你且听我说。

史 兰 德 我是在听着哪，舅舅。

牧 师 你听一听他的“议案”吧，史兰德少爷，只要你能领会我的话，我可以把“内容”向你交代一下。

史 兰 德 得啦，我舅舅夏禄怎么说，我就怎么做。这一回请

---

① 《谜语大全》（Book of Riddles），附有解答和谚语，当时很流行。1575年版。

② 万圣节在 11 月 1 日，圣迈克尔节在 9 月 29 日，辛仆儿所谓“节前的两个礼拜”云云，信口而言罢了。

你原谅吧。他是他那一郡里的治安法官，就像我站在这儿一样不含糊。

牧　　师　不过这是题外的话。你的婚姻大事才是我们要谈的正题啊。

夏　　禄　对啊，这可点到题目上来了，牧师。

牧　　师　圣母娘娘，这就要说到点子上来了——我们要替你向安妮·裴琪小姐说亲呢。

史 兰 德　噢，原来如此，要我娶她做老婆有何不可，反正我的要求是很讲道理的。

牧　　师　不过你看得中这个小娘儿吗？我们想要听听你亲口——或者亲嘴唇儿怎么说——因为古今的哲学家都认为，嘴唇儿就是嘴巴子的一部分。所以，要说得一是一、二是二，你能把你的好感放在这位姑娘身上吗？

夏　　禄　阿伯拉罕·史兰德外甥，你能够爱她吗？

史 兰 德　我希望，舅舅，凡是一个讲道理的人儿该做的事儿，我总是肯答应的。

牧　　师　不成，我的天公天婆！你可得把话说得明白些儿啊——你能看中她，把情意用在她身上吗？

夏　　禄　你倒是把话说个明白呀。她要是有一笔满不错的陪嫁，你娶不娶她？

史 兰 德　再大的事儿，只要有你一句话，舅舅，一句道理上讲得过去的话，我也不会答应不下来——那就别说这档子事儿了。

夏　禄　不是那么说，你要明白我的话——明白我的话，好外甥。我管这件事儿，全是为了你的好处呀，外甥。你能爱这个姑娘吗？

史兰德　我就把她娶来好了，舅舅，只要是你叫我这么办。可是，就算开头儿倒并没什么了不起的爱情，不过结了婚，大家慢慢的搞熟了，熟了就不生疏了，也许上天保佑，那时候爱情会一天比一天淡薄了。我希望用得到这句话："一生二熟三冤家。"不过只要你跟我说："把她娶来做老婆吧。"我就把她娶来做老婆。这就是我打定了的、三反四复、没脸没皮的算计。①

牧　师　这一番话回答得很有见识；只有一句话说错啦，那就是"没脸没皮"，照我们的说法，应该是"没挑没拣"才对——他的本意是好的。

夏　禄　说得对，我想我外甥的本意是好的。

史兰德　可不，如果我还存了别的心，那就把我吊死好了，啦！

夏　禄　漂亮的安妮小姐来了。

［安妮自屋内上］

我巴不得我又是当年的哥儿，就为了你，安妮小姐！

---

① "淡薄"，"三反四复"，"没脸没皮"，史兰德接二连三地把原意都说反了。

安　　妮　酒菜已经摆好了，家父有请各位入席。

夏　　禄　我愿意奉陪，好安妮小姐。

牧　　师　上帝恩赐！大家念食前祷告，少不得我呀。

［牧师，夏禄入内］

安　　妮　请少爷你也进去吧，好吗？

史 兰 德　不，岂敢岂敢——可不——领情领情；我在这儿很好呢。

安　　妮　大家在恭候你入席呢，少爷。

史 兰 德　岂敢岂敢，我肚子不饿呀，真的。（向辛仆儿，摆主子的架势）去吧，你这小子！你虽说是我的跟班，可这会儿你伺候舅老爷去吧。

［辛仆儿入内］

（得意地）就说一位治安法官，难免也要借朋友的光，借他的跟班来伺候自己。眼前家母还没过世，我随身只有三个跟班，一个小厮——可这又算得什么呀？我只是过着败落乡绅过的那种日子罢了。

安　　妮　你少爷不进去，那么我也只好不进去。大家都要等你到了才入座呢。

史 兰 德　说实话，我并不想吃东西；可我还是照样谢谢你。

安　　妮　我求你啦，少爷，往里边走吧。

史 兰 德　我倒是喜欢在这儿走走，我谢谢你。前两天，我跟一个击剑的教练比刀比剑，三个回合赌一盆熟梅子①；

---

① 熟梅子，当时妓女的别称；史兰德在少女面前无意中说了一句粗俗的话。

谁知他一剑倒把我的小腿骨弄伤了。信不信由你，从此以后，我一闻到热气腾腾的肉味儿就受不了啦——你家的那几只狗，一股劲儿地在叫什么呀？你们城里也有熊吗？①

安　　妮　我想有熊吧，少爷，我听人家说起过。

史 兰 德　逗着熊玩儿才有意思哪；不过一谈起这玩意儿，我就要反对它，跟别的英国人一样。②要是让你看见一头狗熊挣脱了链子逃出来，你就要害怕了吧——怕不怕呀？

安　　妮　嗳，我怕，少爷。

史 兰 德　现在，我才满不当一回事儿呢，就好比吃饭喝酒那样。我就看见过那头撒克逊老狗熊③冲出来二十回，我还亲手一把抓住了它的链子呢。可是，让我告诉你吧，那些娘儿们呀，一看见了，就吓得直哭，直叫，闹得个不可开交——可是娘儿们，说实话，也真受不了那些个畜生，它们都是长得怪难看、怪粗野的……

[裴琪自屋内上]

---

① 狗和熊斗时，大声吠叫。当时伦敦有斗熊的游乐场。

② 史兰德作为清教徒，理应反对斗熊（清教徒反对各种各样的娱乐），虽然他个人很爱这玩意儿。（“新莎士比亚版”）

③ 撒克逊老狗熊，当时的一头著名狗熊，在伦敦河滨“巴黎花园”展出。

裴　琪　来吧，史兰德好少爷，来吧；我们都在等候你呢。

史兰德　岂敢岂敢，我什么也不想吃，大爷。

裴　琪　乖乖，哪能由着你，说不吃就不吃，少爷！来吧，来吧。

史兰德　不行，请你领先吧。

裴　琪　来吧，少爷。

［进入屋内］

史兰德　［走近门口］安妮小姐，还是请你带个头吧。

安　妮　不行，少爷！请你只管往前走吧。

史兰德　说实话，我不能走在你的头里，说实话。啦！我可不能对你失礼呀。

安　妮　请别这么客气吧，少爷。

史兰德　免得惹人讨厌，那我只好失礼了。这是你自己不受抬举呀，真的嘛，啦！

［史兰德入内，后随安妮］

第二景　同前

［休牧师自屋内上，辛仆儿随上］

牧　师　你走吧，去打听凯乌斯大夫的寓所在哪儿；他家有一个桂嫂子，给他当一个看护什么的，再不然，给他当一个保姆——也许当一个厨娘——也许给他当一个洗衣服的，揉衣服的，晾衣服的。

辛仆儿 知道了，牧师。

牧　师 别忙，还有你不知道的呢。把这封信送给她；因为这个女人跟安妮·裴琪小姐最熟悉。这封信就是要求她、托付她，代替你家主人去向安妮·裴琪小姐求婚。请你快去吧；我饭还没吃完呢，就要上苹果和干酪了。

［牧师入内。辛仆儿往外走］

第三景　“吊袜带”客店

［福斯塔夫，店主，巴道夫，尼姆，火枪，侍童罗宾上］

福斯塔夫 我的店主东！

店　主 我的老狐狸，你怎么说？给我说得又聪明又渊博些。

福斯塔夫 不瞒你说，我的店主东，我可得打发掉一两个跟班了。

店　主 把他们扔了算了！我这位大力士；请他们卷起铺盖算了！让他们马不停蹄各奔前程吧！

福斯塔夫 我吃用开销，一星期也得十个金镑呢。

店　　主　你是大皇帝、大元首、大贵人，你就是土耳其宰相。我愿意把巴道夫收留下来；让他做个招呼主顾的酒保吧——我这主意好吗，咱们的大英雄？

福斯塔夫　就这么办吧，我的好店主东。

店　　主　一言为定，让他跟我走吧。（向巴道夫）以后你给我留心，上酒要多多来些泡沫，少少来些酒；羼些石灰打掉些酸味儿。我不必多说了，跟我来吧。

［下］

福斯塔夫　巴道夫，跟他去吧。酒保也是个有出息的行当啊。旧外套可以变做新褂子，一个干瘪的跟班可以变成一个满脸红光的酒保。去吧，再见。

巴 道 夫　我就是想吃这行饭。我从此可要脱运交运喽。

火　　枪　哼，这个没骨气的匈牙利雇佣军！①你要拿开酒桶的凿子当刀子使吗？

［巴道夫下］

尼　　姆　酒醉糊涂的爹娘生下这个窝囊废！我这句随口而出的话妙不妙？

福斯塔夫　我倒是很高兴，就此把这“霹雳火”打发走了。他偷东西也太不避耳目了；他下起手来，就像一个外行在唱歌，连个板眼都没有。

尼　　姆　摸熟了这个行当的“脾气”的，要偷，就给人个冷

---

① 指当时和土耳其作战，在匈牙利解散归来的一支雇佣军，情景十分狼狈。

不防。

火　　枪 “借用一下”，聪明人的嘴里都是这样说。“偷”！呸，这像什么话，我不爱听！

福斯塔夫 唉，两位太爷，我落到了脚跟儿都快露出来的地步啦。

火　　枪 唷，那么谁没鞋穿，谁生冻疮吧！

福斯塔夫 有什么法子好想呢，这是逼得我非找野食吃不可，非得活动活动不可了。

火　　枪 小乌鸦们总得有一口吃的呀。

福斯塔夫 你们俩谁知道傅德那个本地人的底细吗？

火　　抢 我知道那个家伙，他的家底可厚实呢。

福斯塔夫 我的老实的孩儿们，我把一肚子话全对你们说了吧。

火　　枪 这么个肚子只怕两码还不止呢。

福斯塔夫 休得取笑，火枪！这可不假，我这个肚子，总得在两码左右；可我并不在卖弄我这大腰身，我倒是要搂人家的小腰身哪——这非但用不到我掏腰包，而且还可以捞它一笔好处呢。一句话说穿了，我打算跟傅德的老婆谈爱情。我留心看去，她对我很有意思呢。她陪我谈心，她说起话来，忸忸怩怩，还尽向我丢眼风；她那股亲热劲儿我还有什么不明白的。瞧她的一举一动都好像恨不得要迸出一句话来，那句话用道地的英国话说出来，还就是：“我这人儿早就给了约翰·福斯塔夫啦。”

火　　枪　（向尼姆）他可真是把她肚子里的心事看到了底，而且用规规矩矩的英国话，给道道地地地翻译出来啦。

尼　　姆　抛锚抛得好深哪——我这句俏皮话说得中听不中听？

福斯塔夫　呃，听外面人说，她男人的钱袋一把抓在她手里。他家里的金天使成群结队呢——他每一块金钱币上都镂着一个金天使呀。①

火　　枪　难怪要把一大串魔鬼引上门了！我说，向她扑过去吧，汉子！

尼　　姆　越说劲头越来了！好得很。叫金天使快来吧，让我高兴高兴。

福斯塔夫　（同时取出两封信）我已经给她写了一封信在这儿。这儿另有一封，是写给裴琪的老婆的，方才她也是只管向我送秋波呢；她呀，把我越看越有趣，那卖情弄俏的眼光只管在我身上溜来溜去，一忽儿溜到了我的脚尖上，一忽儿溜到了我这挺神气的大肚子上。

火　　枪　（向尼姆）好有一比：阳光照到粪堆上。

尼　　姆　（向火枪）这一比可妙哪，我谢谢你。

福斯塔夫　噢！她只管盯着我瞧，在我周身上下转来转去，恨不得把我一口吞了才好呢；她那双火辣辣的眼睛啊，就像烧红了的烙铁那样把我烫焦了！这儿另外一封

① 当时英国十先令的金币上铸有天使长米迦勒降魔的图像。

信就是写给她的。银钱进出，都是从她手里经过。她就是圭亚那的金山银山。[1]我要去接收这两个娘儿的家产；她们俩就好比我的国库。这两个娘儿，一个是我的东印度，一个是我的西印度，这两笔生意买卖，我一笔也不放过。（向火枪）你给我去把这封信送给裴琪大娘。（向尼姆）你呢，去把这封信送给傅德大娘。咱们就此要交好运啦，孩儿们，咱们就此要交好运啦！

火　　枪　（把信退回去）

想我本是身佩宝刀的堂堂军人，
倒去干潘达勒大爷的行当来啦？[2]
见他妈的鬼吧！

尼　　姆　干这种不三不四的事可不合我的胃口。瞧这儿，把这封好胃口的信拿回去吧。（把信退回）我可得顾全顾全自己的名声呢。

福斯塔夫　（转向罗宾）

喂，小子，这两封信拿得牢牢的，
像我的快帆船，驶向那黄金海岸吧。

［罗宾持信下］

两个流氓，去你们的！给我滚远些！

---

① 当时海外冒险家盛传圭亚那遍地产金；西班牙人以为“黄金国”（El Dorado）即在那里。

② 潘达勒（Pandarus），本是流传于中世纪的希腊故事《特洛伊罗斯与克瑞西达》中的人物，这里指给男女作牵线人而言。

就像冰雹般永远别出现在我眼前！
拖着两条腿，夹着个尾巴，走远些！
另请高就，这儿没你们吃饭的地方了！
当今这时世，法国人的精明最通行，①
福斯塔夫可要学它一学呢——只留下
一个我，一个穿裙子的童儿。

［下］

火　　枪　老鹰来抢吃你的五脏六腑吧！
看你以后能不能再耍你的铅骰子——
掷大掷小，欺诈了富的骗穷的！
你吃尽当光了，我腰包里还掏得出

① 当时法国没落贵族为节省开支，以随身伺候的童儿替代众多仆从。

几分钱来给你瞧呢。可恶可恨的蛮子！

尼　　姆　我正在动脑筋，这口气该怎么出，才最合我胃口。

火　　枪　你要出这口气？

尼　　姆　上有天，下有地，说话当话！

火　　枪　用计谋还是动钢刀？

尼　　姆　双管齐下，文武全来，我！

我要去当面叫裴琪快醒来：

人家把他的老婆看中啦！

火　　枪　我要找傅德，向他通风和报信

福斯塔夫，没人气味的流氓，

先偷他的鸽子，再抢他的金银，

他的合欢床，眼看要弄脏。

尼　　姆　依我的脾气，打铁趁热，说到做到。我要叫裴琪直跳起来，要叫他醋劲发作，要叫他拿毒药来对付死冤家。谁得罪了我，要知道我老子是不好惹的！这就是我改不了的脾气。

火　　枪　你可是个杀气腾腾的太岁。我撑你的腰！开步走！

［同下］

第 四 景　　凯乌斯大夫家中

［女仆桂嫂及辛仆儿上］

桂　　嫂　喂，约翰·鲁贝！——

［仆人鲁贝上］

请你到窗口儿去瞧瞧，看咱们这位东家——凯乌斯大夫正在来吗。万一他来了，让他看到有什么人在他的宅子里，哎哟，那可少不了一顿臭骂，骂得鬼哭神嚎，伦敦的官话不知要给他糟蹋成个什么样儿啦。

鲁　　贝　我这就放哨去。

桂　　嫂　去吧，今天晚上我们趁早烤一会儿火，那时我请你喝杯甜乳酒。

（鲁贝去窗口张望）

他倒是个老实的、好心肠、好说话的家伙；在人家公馆里做听差的，这样的人也算难得了。我跟你说吧，他既不会说长道短，又不搬弄是非；他最要不得的是太喜欢祷告，他祷告起来可也真太傻里傻气了。话得说回来，谁的身上没有个缺点呢；别提这个了。彼得·辛仆儿，你说你就叫这个名字吗？

辛 仆 儿　不错，再好听些的，可拿不出来了。

桂　　嫂　史兰德少爷就是你的东家？

辛 仆 儿　正是，没错儿。

桂　　嫂　他不是留着一圈儿大胡子，像手套商的削皮刀吗？

辛 仆 儿　不，说真的，他只有一张小小的死白脸儿，几根稀

稀拉拉的黄胡子——倒有些像鼬鼠的胡子。

桂　　嫂　他是个性情温和的人，可不是吗？

辛 仆 儿　对，不错；可是他倒是个儿高、胳膊粗，在他那一个地带也可以算得了——他还跟看守林苑的人交过手呢。①

---

① 看守林苑者要防止有人来偷猎兔子獐鹿等，所以必须是身强力壮者。

桂　　嫂 你怎么说？——噢，我怎么能把他忘了呢！他不是走起路来大摇大摆，两眼看天的吗？

辛 仆 儿 不错，说得对，他就是这个模样儿。

桂　　嫂 这就好了，老天保佑。安妮·裴琪总该有这样的福气吧！你去对伊文牧师他老人家说，我一定要替你的东家尽心尽力。安妮可是个好姑娘哪，我但愿——

［鲁贝从窗口奔来］

鲁　　贝 不好了！东家来啦！

桂　　嫂 一顿臭骂可有我们受的啦！快奔到这儿来，好小伙子；躲进这个壁橱里去吧。他在这儿待不多久的。

（把辛仆儿关在壁橱里）

喂，约翰·鲁贝！约翰！喂，约翰，我说！

［鲁贝下］

［凯乌斯大夫上］

快去，约翰，快去打听打听我家老爷怎么样了；他这会儿还没回来，可真让我担心，不知他出什么事儿没有。

（唱）

躺呀躺，躺呀躺，一趟又一趟……

大　　夫　你在唱些啥呀？我可不爱听这些小曲儿。请你快给我去从壁橱时把 une boite en verde①——一只匣子，一只绿绿的匣子拿来。（桂嫂不知所措）
　　我说的话你听见吗？一只绿绿的匣子。

桂　　嫂　对，好极了；我这就给你拿去。（自语）谢天谢地，总算他不曾自个儿去拿；要是让他发现壁橱里藏着个小伙子，他可要活活变成一头发了疯的公牛啦。

大　　夫　Fe，fe，fe，fe！哎哟，这天可真热呀。我要赶到宫里去——有重要的事儿。

桂　　嫂　（拿着匣子）是这个吗，大爷？

大　　夫　对了；给我放在我的口袋里；快些儿，快些儿——鲁贝那个奴才呢？

桂　　嫂　喂，约翰·鲁贝！约翰！

［鲁贝上］

鲁　　贝　有，老爷！

大　　夫　你是约翰·鲁贝，你是狗才鲁贝。来，拿着你那把长剑，我要进宫去，你跟在我后面走。

鲁　　贝　长剑已经准备好了，老爷，就放在门廊里。

---

① 法语，意即“一只绿匣子”。凯乌斯大夫是法国人，说的英语不纯正，还常夹杂法国话。为阅读方便，下文逢到这种情况，都直接译出，不一一注明。

大　　夫　不说瞎话，我耽搁时光啦。该死！我差点儿忘了！壁橱里还放着“辛补尔”药草[1]呢，说什么我也得带在身边呀。

桂　　嫂　（惶恐，自语）不好了！要给他看到了：里面藏着个小伙子；这一下，他要直跳起来啦。

大　　夫　（打开壁橱门）噢，见鬼，见鬼！是什么东西在我的壁橱里？——一个流氓！贼骨头！（拖出辛仆儿）鲁贝，给我把剑拿来！

桂　　嫂　好主人，别生那么大气吧。

大　　夫　凭什么我不好生那么大气？

桂　　嫂　这小伙子其实是个好人。

大　　夫　好人躲在我的壁橱里干什么？躲在我壁橱里的就不是好人。

桂　　嫂　求求你，可不要“痰迷心窍”[2]了吧。我把真情实况说了吧——他呀，是休牧师打发来找我的。

大　　夫　嗯？

辛 仆 儿　正是，没错的，为的是要托她——

桂　　嫂　请你还是少开口吧。

大　　夫　倒是你自个儿少开口吧。（向辛仆儿）你给我说

---

① “辛补尔”药草，可能用于骨科，和史兰德的仆人的名字巧合。

② 痰迷心窍，原文“Phlegmatic”，意谓“黏液质的”、“多痰的”。当时的生理观念，认为人的气质、性格决定于特定的“体液”（humour）；体液分四种，“黏液质”为其中之一；属于“黏液质”的人，据说性情迟钝冷淡。桂嫂在这里拾了她东家的牙慧，其实是不知所云。

下去。

辛 仆 儿 托这位规规矩矩的大娘——你的女仆，替我家少爷在安妮·裴琪小姐面前说几句好话——也就是去说个亲。

桂　　嫂 从头到底，也就这么一回事罢了！可是说什么我也不肯把手指头伸进火里去呢——我才不管这种闲事儿！

大　　夫 是那个休牧师派你来的吗？——鲁贝，给我拿一张纸来。（向辛仆儿）你且等一会儿。（开始写信）

桂　　嫂 （向辛仆儿，悄声）还算是运气，这一回他倒居然安安静静的——要是他火性子发作起来呀，那你看吧，他会大吵大闹，大伤其心呢！可是不管怎样，兄弟，我总得尽我的力给你家东家帮个忙。说来说去，这个法国大夫——我这个东家——我倒是可以叫他做我的东家，你听着，因为是我在替他收拾宅子，是我在替他洗衣裳、晾衣裳，酿酒烘面包，擦铜器铁器，烧肉沏茶，铺床叠被——什么都是我一个儿顶下来的，——

辛 仆 儿 （悄声）一个人两只手，要包下那么些活儿来，可也真够你忙的啦。

桂　　嫂 （悄声）你替我想过没有？你想一下就会明白，这可真够你受的了；每天起早睡晚——这些话不提也罢——让我凑着你的耳朵告诉你一件事吧，我可不许你漏一个字儿出去——我那东家他自个儿也看中了安妮·裴琪小姐呢；可是他看中她是一回事，而我却知道安妮的心事，那却又是一回事呢。

大　　夫　（写毕起立，向辛仆儿）你这猴儿崽子，去把这封信交给休牧师，——老爹，这可是一封“刁钻书”哪，[①] 我要在林苑里割他的喉管；我要教训教训这个猴儿崽子臭牧师，看他下回敢不敢再多管闲事了。你给我走吧；留在这儿没有你的便宜。

［辛仆儿持信下］

① 法国大夫说英国话，口齿不清。老爹，应为“老天”，下同。刁钻书，应为“挑战书”。

老爹，我要把他那两颗弹丸儿都割下来；老爹，他以后还想打鸟，他这才发现，原来他连一颗弹丸儿都不剩啦。

桂　　嫂　哎哟，人家也不过是想替他朋友说句好话罢了。

大　　夫　我才不管什么说好话不说好话——你不是跟我说过，安妮·裴琪总归是我到手的吗？——老爹，我一定要杀死那个瘟牧师；我要请“吊袜带”客店的老板来检验双方的武器[1]——老爹，安妮·裴琪，我是要定了。

桂　　嫂　老爷，姑娘喜欢的是你，一切都会称心如意的。人家爱怎么说就随他们去说吧——唉，这年头！

大　　夫　鲁贝，跟我进宫去。（向桂嫂）老爹，要是我得不到安妮·裴琪，看我不把你赶出我的大门外。在我后面紧跟着，鲁贝。

［二人一前一后下］

桂　　嫂　（指着大夫背影）你只配得到一个驴子头，跟你配成一对！可不，安妮的心事我是知道的——在这儿温莎再找不出第二个女人像我那样懂得安妮的心事了。我怎么说，安妮就怎么听，换了哪个女人也办不到呀；我感谢上天。

［门外有人嚷：“里面有人吗，喂！”］

---

① 意即做决斗的公证人。决斗前由公证人检查双方武器规格是否相等（如剑的长度是否相同等）。

桂　　嫂　不知道是哪一位来了？请进来吧。

［青年贵族范顿上］

范　　顿　嗳，桂妈妈！你好哇？

桂　　嫂　承蒙大少爷关心，我真是托你的福了——很好很好。

范　　顿　可有消息吗？我那漂亮的安妮小姐近来怎么样？

桂　　嫂　说真心实话，少爷，她可真是个漂漂亮亮、规规矩矩、文文雅雅的好姑娘哪！她可愿意跟你做个“朋友”呢，我顺口儿跟你说了吧；为了这个，我也得感谢老天呢。

范　　顿　照你看来，我有几分把握吗？我向她求婚，会不会落了个空？

桂　　嫂　说真话，什么事儿全凭老天爷的意旨发落；可是，话这么说，范顿大少爷，我可以按着《圣经》罚个咒，她爱的是你呀。你少爷的上眼皮儿上不是长着一颗小疙瘩吗？

范　　顿　嗳，是有一颗小疙瘩；这又怎样呢？

桂　　嫂　哈，可大有文章呢——不瞒你说，谁想得到妮妮也会来这么一下子——可是我要放肆[①]：哪一个啃面包的规规矩矩的姑娘也不能比她更规矩了——她跟我

① 我要放肆，桂嫂把话说错了，应为“我要发誓”。

两个讲那颗疙瘩就讲了一个钟头，可真把我笑坏了；从今以后，哪一家姑娘说笑话也别想能把我逗乐了！——可是，说句实话，她近来可也太会上心事，也太“门门不落”① 啦。至于讲到你啊——得啦，不谈啦。

范　　顿　好，我今天看她去。拿着吧，这几个钱是给你的，还得请你帮我说几句好话呢。要是你先见到她，那就先替我向她问个好。

桂　　嫂　要我问好吗？说实话，那是一定的。下次咱们谈心，我再给你少爷讲那个疙瘩；还要告诉你，有哪几个上她家去求婚。

范　　顿　好，回头见吧；我还有紧要的事呢，非走不可了。

桂　　嫂　回头见，大少爷。

［范顿下］

他倒是个正正派派的大爷，可是安妮爱的并不是他，谁也不像我那么懂得安妮的心事——哎哟哟，瞧我这人！我把什么忘了呀？

［匆匆下］

---

① 应为“闷闷不乐”。当时把“忧郁”、“发呆”等看作陷入恋爱的一种精神状态的表现。

第 二 幕

第 一 景　　斐琪家门前

［斐琪大娘持信上］

斐琪大娘　什么！当初我像春天的鲜花儿那样娇艳，都不曾让谁的情书来缠绕我，现在倒有人给我写起情书来了？让我念一下：

（读）

别追问我，凭什么我倒爱起你来了；要知道，“爱情”虽然让“理智”来做她的导师，可她从来也没拿他当做她的心腹。你年纪不算轻了，我也是一样；这么说，咱们是彼此彼此。你爱风流，我也是一样；哈，哈！咱们更加可以说得是彼此彼此了。你爱喝几口白酒，我也是一样——彼此彼此。像咱们这一对儿你还能到哪儿去找呢？要是军人的爱情能叫你称心如意，那么裴琪大嫂子，你至少也该称心如意了吧——因为我已经把你爱上了。我不想说：可怜可怜我吧！——那太不像堂堂军人该说的话了；可是我说：爱

我吧！我就是那——
忠诚的骑士，归你差遣，
不分黑夜，还是白天，
天晴天阴，几刻几点，
我要高举起宝剑，
为了你，把天下打遍。

约翰·福斯塔夫

哪儿来的这个犹太族里的希律王！①哎哟，这个万恶

① 在英国早先神迹剧里，常有希律王（Herod）一角，是一个装腔作势的犹太暴君。这里有指斥福斯塔夫狂妄无礼之意。

的万恶的世界呀！一个年纪活得差不多，骨头都快一根根烂掉了，居然还要冒充一个风流的公子哥儿！好一个魔鬼！也不知我的谈吐举止，在哪一点儿上露出了些儿轻佻，居然让这个佛兰芒醉鬼抓住了，[①] 因此胆敢这么来试探我？呃，他跟我见面还不到三次哪！我该拿什么话对付他才好呢。那一回，我还是很有分寸，并没一味儿撒欢呢——上帝饶恕我吧！嗳，我要上议会去提出一个议案，把那班大男子都给打下去！我该怎么向他报这个仇、出这口气呢？我决不能轻易饶过他，这是不用问的，就像不用问，他肚子里的肠子全都是布丁做的。

［傅德大娘上］

傅德大娘 裴琪嫂子！不骗人，我正要上你家去呢。

裴琪大娘 我也不骗人，我正想去看你呢。你的脸色可不太好看呀。

傅德大娘 不会的吧，我一千个不相信。我应该红光满面才对呀。

裴琪大娘 说真的，我觉得你的脸色不太好。

傅德大娘 得了，不太好就不太好吧；不过我还得说，我本来可以让你看到红光满面的。啊，裴琪嫂子，你给我

---

① 据说佛兰芒（今荷兰、比利时）人以好喝酒著称。

出个主意吧！

裴琪大娘 什么事呀，女人？

傅德大娘 啊，女人，要不是为了一桩没要紧的事儿，那我可以大大出风头啦！

裴琪大娘 去他妈的没要紧事儿，女人；出了风头再说！是怎么一回事儿？——管什么要紧不要紧——是怎么一回事儿？

傅德大娘 我只要高兴到地狱里去走一遭——千年万年走一遭，我就可以封做爵士啦。

裴琪大娘 什么？你少吹牛吧！爱丽丝·傅德爵士老爷！像这种爵士只好在路口去问人要买路钱。我看你还是不用改变你这太太的身份吧。

傅德大娘 我们这不是在浪费时光——［拿出信来］拿去，念吧，念吧！那你就明白了，怎么一来我就能做起爵士来啦。从今以后，只要我这双眼还看得清男人有瘦有肥，那么一看到大胖子可就更加叫我恶心了。可是他当着我们的面，居然装得一派正经，不曾咒天骂地，居然赞美贞洁的好女人，还说要安分守己，凡是有失体统的事儿一概洗手不干了；我还真想替他发个誓，他是真心改过，说得到做得到呢。谁知道他许下的话跟他所干的事根本扯不到一块儿，就像《赞美诗》第一百首跟那小曲儿《绿袖子》① 的谱子，两个

① 《绿袖子》，一支当时流行的小曲，词意轻佻。

天差地远！

我不懂，是哪一阵狂风把这一条大鲸——肚子里还装满不知多少吨油——刮到了温莎的海岸上来？我该怎样向他报这个仇、出这口气呢？我看最好的办法莫过于跟他假敷衍，挑逗得他心头痒痒的，叫那股邪恶的欲火把他那一身脂肪熬完为止。像这种事儿你听说过没有？

裴琪大娘 你有一封信，我这里也有一封信，（左右手各拿一信）就只差"裴琪"换了"傅德"，两个名字不同罢了！你可以大大地松一口气，不用害怕独个儿担当那莫名其妙的坏名声了，这儿是你那封信的孪生兄弟。不过还是让你那封信做老大，我的信做老二好了，我郑重声明，决不跟你争夺名分。我敢担保，他有一千封这样的信写好着，只是在信的上面留出一块空白，好填上不同的姓名——没准儿还不止一千封呢！——你我这两封信已经是翻版了。不用问，他会把信一封封的印出来；他才不管把什么人的姓名拖进了他的印刷机——你看，连你我都没有放过。叫我睡到他的床上去！我宁可像神话里的巨人那样，让一座培利恩大山压在我身上。[①]嘿，你要

① 希腊神话，巨人族欲攀上天庭，与天帝争雄，将奥莎山（Ossa）叠置于奥林庇斯山（Olympus）之上，又将培利恩山（Pelion）叠置于奥莎山之上。裴琪大娘在这里把大胖子福斯塔夫与一座大山相比。

我找二十头贪淫的鹁鸪[①]还容易，找一个规规矩矩的男人可是难哪！

傅德大娘 嗳，这两封信完全一模一样！一样的笔迹，一样的字句！他可把我们俩看做了什么人呀。

裴琪大娘 唉，那我就说不上了——这封信可差点儿叫我翻过脸来不承认自己的清白了。以后我要把自个儿当做素不相识的人看待了；那还用说，他要不是在我身上看出了连我自个儿也不知道的什么缺口，他决不敢如此猖狂，要想赶来攻打我的城堡。

傅德大娘 你说什么——“攻打”？叫他在我的后门口儿站站吧，我就是这句话。

裴琪大娘 我也就是这个主意。要是让他闯进我的楼房来，我从此再也别见人了。咱们一定要向他报这个仇、出这口气！我们不妨先许他订一个约会，哄得他心里乐滋滋的，觉得事情太趁手了；可是哪知道但闻得香味儿，却舔不到甜头儿——我们就这么拖住他，拖到他吃尽当光，眼看连他的马儿都让“吊袜带”客店的老板牵去抵账。

傅德大娘 可不，为了捉弄捉弄他，什么干不得的事我都干得出，只要保住咱们的清白，没有一点儿玷污就是了。啊，要是让我那男人看到了这封信！那还了得，

① 鹁鸪在西方文学中本是真挚的爱情的象征，有“像鹁鸪一样忠贞”的说法；因此找“贪淫的鹁鸪”，极言其难。

他会一股劲儿地吃醋，千年万年地不罢休啦！

裴琪大娘 哎哟，你瞧，他来啦！——我那个好人儿也来啦！他从来不吃醋，我也从来不让他有理由吃醋；吃醋和他相差十万八千里，我希望。

傅德大娘 一样做人家的老婆，你的日子比我好过多了。

裴琪大娘 咱们再一块儿商量商量，怎样发落那个一身肥肉的骑士。到这儿来吧。

［二人退后］

［傅德和火枪，裴琪和尼姆谈话上］

傅　　德 嗯，我希望不会闹出这种事儿来吧。

火　　枪 这也得瞧瞧是什么事儿，
只怕“希望”是条不中用的狗；
约翰骑士他把你的老婆“勾”。

傅　　德 这话怎么说，老兄，我的老婆年纪不轻了。

火　　枪 他玩起女人来，管你高管你低，
管你富的穷的，年轻年老，傅德，
他玩了这个玩那个。他爱吃大锅汤，
是女人都配他胃口。你留神吧。

傅　　德 看中我的老婆！

火　　枪 他的肝脏火一般在烧呢。①

---

① 当时以为情欲生于肝脏。

你要是不趁早拦住他，那你就准备
像阿克泰翁大爷那样在前逃，
让“林狐”在你后脚紧追吧！①
唉！这句话可真说不出口啊！

傅　德　是什么样的一句话呀，老兄？

火　枪　头上出了角的王八，我说。再见吧。
留心把门窗关上了，把眼睛睁开了，
那窃贼是趁黑夜光临的。

---

① 希腊神话，猎人阿克泰翁（Actaeon）因窥见女神狄安娜出浴而被罚，变做公鹿，为自己的猎狗所追杀。所谓“像阿克泰翁那样”，即指头上出角而言（妻子有外遇）。“林狐”（Ringwood），狗的通常名。

留神些，只怕夏季还没到
郭公就要在树上对你叫了。[①]
走吧，尼姆班长军爷！——
裴琪，相信他吧，他的话自有道理。

［下］

傅　　德　（自语）我可得耐着点儿性子，要把这回事弄它个水落石出。

尼　　姆　（向裴琪）我说的都是真话。扯谎才不合乎我的胃口呢。他就偏不管合不合我胃口，把我给得罪了。依了他，我就该把那封倒胃口的信送去给她；可是我身边也挂一把刀，真混不下去了，它可不是好惹的。他看中你家里的老婆，反正就是这句话。我的名字叫尼姆班长。你相信好了，我说的句句都是真话。我的名字叫尼姆。福斯塔夫看中你家里的老婆啦！再会吧。天天吃那份儿面包干酪，[②] 我可没有这胃口；我有我自己的胃口呢。再会吧。

［下］

裴　　琪　（自语）"我有自己的胃口"，听他说的！这家伙满口怪话，叫英国人都听不懂英国话了。

傅　　德　（自语）我要去试探试探那个福斯塔夫。

裴　　琪　（自语）我还从没碰见过这么个说话拿腔拿调、装

---

① 意谓郭公（即布谷鸟、杜鹃）将讥嘲他是戴上了绿帽子的丈夫，因布谷鸟的鸣声（cuckoo）与"戴绿帽子"（cuckold）相近。

② 尼姆在这里发牢骚，意谓跟着福斯塔夫只能过苦日子。

腔作势的流氓。

傅　　德　（自语）要是给我抓住了——好吧。

裴　　琪　（自语）我可不能相信这种“卡瑞人”，[1] 尽管城里的牧师还说他是个好人。

傅　　德　（自语）倒是个很有见识的家伙呢——好吧。

［裴琪大娘和傅德大娘上前］[2]

裴　　琪　你好哇，梅格！

裴琪大娘　你到哪儿去，乔治？我有话跟你说呢。

（二人退后）

傅德大娘　怎么啦，亲爱的富兰克！你怎么有心事呀？

傅　　德　我有心事！（言不由衷）我没有心事。给我回家去吧，走吧。

傅德大娘　说真的，这会儿你头脑里正在转什么怪念头。裴琪嫂子，咱们走吧。

裴琪大娘　马上来了。——你回家来吃中饭的吧，乔治？［向傅德大娘，悄声］瞧，那边谁来了。咱们正好托她捎个信给那个倒灶骑士。

傅德大娘　（悄声）不瞒你说，我方才还想到她呢；这件事儿托她办最合适了。

---

① 古代欧洲人对于我国人民以讹传讹的称呼；由于隔膜，对我们的民族性格，也作了歪曲。

② “新莎士比亚版”在这里加说明：“方才的话都让她们听了去。”

[桂嫂上]

斐琪大娘 你是来瞧我女儿安妮的吗?

桂　　嫂 是呀，没别的事；请问，咱们那位好小姐安妮可好吗?

斐琪大娘 跟我们一块儿进去瞧瞧她吧，我们有一个钟点的话可以跟你谈呢。

[三妇女同下]

斐　　琪 怎么啦，傅德大爷?

傅　　德 你听见了那个奴才告诉我的话，你听见了没有?

斐　　琪 听到了——另外那一个跟我说的话，你听见吗?

傅　　德 你觉得他们所说的真有这回事吗?

斐　　琪 去他们的，这些奴才！我才不信那个骑士敢干下这等事；那两个出头揭发他想勾引我们妻子的人，本是他左右的跟班，现在给赶出来了，这一对流氓，有什么话说不出口的。

傅　　德 他们本是他手下的人吗?

斐　　琪 不错，他的跟班。

傅　　德 这话就越发让我听进去了。他在“吊袜带”客店下榻吗?

斐　　琪 对，说的是，他借住在那儿。他要是真想跟我的老婆打通一条路，那我就让她大开正门；如果他除了讨得她一顿臭骂，还占到什么便宜，那么就让那东西顶在我头上吧。（作头上出角状）

傅　德　我倒并不疑心我的老婆，可我就是不肯听凭她跟福斯塔夫在一起。逢到这种事儿，做男人的可大意不得啊。我可不愿意头上顶着什么东西。我不能这么心平气和啊。

裴　琪　瞧，咱们那个粗嗓子的“吊袜带”客店的老板来啦。他这么兴高采烈的，不是烧酒下了肚，就是银两进了腰包啦。

［店主上］

你好哇，店主东！

店　主　你好哇，老狐狸，你是个上等人。（转身呼唤）法官大老爷，我说！

［夏禄上］

夏　禄　我跟着你走，店主东，我跟着你走。晚安，我的好裴琪大爷，二十个下午好！裴琪大爷，你跟咱们一块儿走，好吗？咱们就要有一场热闹好看呢。

店　主　告诉他吧，法官大老爷；告诉他吧，老狐狸。

夏　禄　大爷，有人要决斗呢，一边是那个威尔士休牧师老人家，另一边是法国大夫凯乌斯。

傅　德　咱们“吊袜带”客店的好老板，有句话要跟你说。

店　主　你怎么说，老狐狸？

（二人退至一旁谈话）

夏 禄 （向裴琪）你愿意跟我们一起去瞧瞧吗？我们这位真会作乐的老板已经把双方的武器检验过了；而且，我想，已经故意约定了一东一西、两个岔开了的决斗的地点。相信我，我听人说过，这位牧师可不跟人开玩笑的。你听好，我们就有一场什么样的好戏好看了。

（二人退至一旁谈话）

店 主 你不是要告咱们那位骑士一状吗，我的大贵客？

傅 德 我要声明，没有的事儿。我还情愿送你一瓶烧酒，请你领我去见他，只说我的名字叫“白罗克”——无非开个小玩笑罢了。

店 主 一言为定，老兄！你要来就来，要去就去，听便——“通行无阻”① ——我这话讲得好不好？你的姓名就叫“白罗克”好了。真是个最会寻快活的骑士。两位大贵人，你们可以走了吧。

夏 禄 跟你一起走，店主东。

裴 琪 听人家说，那个法国佬使得一手好剑呢。

夏 禄 还差远呢，大爷！要我讲起剑术来，够你听半天呢。在从前呀，两个人决斗，面对面，隔这么一段距离，你一冲，我一刺——我也说不尽这许多名堂；

---

① 通行无阻，原文“egress and regress”是法律上的用语，指自由出入领土、海湾、港口等特权而言。

要紧的是护住自己的心口，裴琪大爷，就在这个部位，就在这个部位！想当年我也着实出过风头：我手拿一把长剑，可以把四个大汉杀得像耗子般只顾得逃！

店　主　喂，孩儿们，来吧，来吧！咱们该开步走了吧？

裴　琪　跟你一起走。我宁可听他们吵一场嘴，可不要看他们拼一场命。

［三人下，独留傅德］

傅　德　让裴琪闭着眼睛做傻瓜，一口咬定他的老婆不会偷人吧；可想要打消我的看法，没那么容易！他在裴琪家的时候，我那女人就坐在他身边，那时候这两个儿搞些什么名堂，我说不清楚。好吧，我要暗中调查一番；我要乔装改扮了去试探福斯塔夫。要是结果证明，我那女人是正经的，我的力气可花得不算冤枉；要是她让我发觉有什么不妙，那么我这番力气也花得真是太合算了。

［下］

第二景　“吊袜带”客店

［福斯塔夫及火枪谈话上］

福斯塔夫 我一文钱也不借给你。

火　　枪 这么说，这个世界就是一只牡蛎了，
得让我用一把刀把它来剖开。
你要是肯借，我分期归还就是了。

福斯塔夫 一文钱也不借。我一向不曾跟你计较，老兄，由着你借我的名义去向人家借钱。多亏得我，三番两次，拖住了我的几个好朋友，说好说歹，替你和你那个搭档尼姆讨情；要没有我，你们两个早就给人家牵了走，像一对大猩猩，只好从铁栅栏里往外张望了。我顾不得将来要到地狱里去走一遭，却口口声声向那些上等人——都是我的朋友——赌咒说：你们

两个是堂堂男子汉、正正派派的军人；上次白丽盖特太太丢了她的扇子柄，[①] 我还用我的荣誉替你担保，说你碰都没碰过。

火　　枪　难道你没有跟我拆账吗？你不是到手了十五个子儿吗？

福斯塔夫　要讲道理，你这流氓，要讲道理！难道你以为，我让我的灵魂担这么大风险，是白当差使的吗？干脆一句话，你别吊住我不放，我可不是你的绞刑架。走吧！一把小刀一堆人！[②]到你那贼公馆去吧！走吧！打发你送张字条儿你都不肯，你这流氓！你倒跟我讲起"荣誉"来了？哼，你这臭到不能再臭的下流坯，难道我就不想讲究讲究我的"荣誉"吗？谈何容易——为这句话，我真是豁出了九牛二虎之力！就说我，我，我——就说我自个儿吧，有时候也免不了把良心一横，顾不得上帝生气不生气，为了个"迫不得已"，就把个"荣誉"高高搁起，逢到该偷、该抢、该骗的当儿，我也就照样下手了。可是你呀，流氓一个，身上破破烂烂，山猫样的脸儿，说话像个酒鬼，开口就咒天骂地，倒要抬出什么"荣誉"来做挡箭牌了？要你送信你偏不肯，你！

---

① 当时上流社会妇女所用的扇子，常以金银作柄。

② 扒儿手需要钻到人堆中间进行活动，他的作案工具就是一把小刀子。当时钱袋多挂在腰带上。

火　　枪　我认错了——你还能要一个男子汉再怎么样呢？

［童儿罗宾上］

罗　　宾　大爷，外面有一个女人求见。

福斯塔夫　叫她进来吧。

［桂嫂上］

桂　　嫂　（行屈膝礼）给老爷请早安。

福斯塔夫　你好，我的好嫂子。

桂　　嫂　这可叫我答应不下来，回老爷的话。

福斯塔夫　那么，好姑娘。

桂　　嫂　不敢当；我发誓：——

说不得女儿像娘，

刚出娘胎，我倒是个姑娘。

福斯塔夫　人家发了誓我还能不信吗？你有什么事见我？

桂　　嫂　不知能不能跟老爷说一两句话？

福斯塔夫　两千句也使得，好女人；我肯赏脸，你说好了，我听着。

桂　　嫂　有一位傅德家的大娘子——①老爷，请你再往这儿过来些——我自个儿住在凯乌斯大夫家里——

---

① “新莎士比亚版”加舞台指示：“斜着眼睛回头看了一下火枪和罗宾。”

福斯塔夫 好，你倒是说呀！——你刚说到傅德家的大娘子——

桂 嫂 老爷的话一点儿错不了——好不好请老爷再往这儿凑近些。

福斯塔夫 你放心吧，这儿没有外人[①]——都是我身边的人，都是我身边的人。

桂 嫂 原来是这样？上帝保佑他们，收留他们做他老人家的仆人吧！

福斯塔夫 得啦，傅德家有个大娘子——她怎么啦？

桂 嫂 哎哟，老爷，她可真是个好娘子啊！——天哪，天哪！您老爷真是个风流精！唉，天老爷饶恕你，也饶恕我们这些凡人吧，我在这儿祷告！

福斯塔夫 傅德家有个大娘子——快说吧，傅德家有个大娘子——

桂 嫂 我的妈，说过来、说过去，就是这么一回事儿：你已经把她弄得身昏颠吊[②]啦，说来也叫人不信呢。那一回，满朝文武，跟着女王来到温莎的行宫里，就连那最大的大官儿也从没能够叫她这么身昏颠吊。可是人家一个个都是骑士、都是大老爷、都是上等人呢，都乘的是马车呢——说了你别不信，人家的马车一辆来了又是一辆，人家的情书一封接着

---

① “新莎士比亚版”加舞台指示：“向火枪和罗宾挥一挥手。”
② 应说“神魂颠倒”。下文“瘟雅”应说“文雅”。

一封，人家的礼物一份跟着一份；人家的身上个个香喷喷的，还都是用麝香熏的；说了你别不信，穿的都是那金线银线绣的丝绸绫缎，走起路来，窸窸窸、沙沙沙；人家开口说话，满嘴儿都是挺瘟雅的字眼儿；人家还有顶呱呱的酒哪、顶呱呱的糖哪，换上随便哪个女人也会让他们把一颗心骗去了；可是惟独咱们这位少奶奶呀，我说了你别不信，他们就休想叫她冲他们眯一眯眼缝儿。就说我自个儿吧，今天早晨有人想送我二十块金币呢，可我就是不领这份儿情，尽管金币上镂有一个个金天使也还是不成！——我做人向来只懂得规规矩矩呀。——说给你听，你别不信，就连他们中气派最大的头儿也休想叫她陪着呷这么一小口儿酒。可是看中她的都是些候爵呢，可不，还有更高贵的哪——女王身边的侍从官；可是，说了你别不信，一个个都碰了她的钉子。

福斯塔夫 （急切地）可是她有什么话要跟我说呢？干脆些吧，我那传话报信的好仙姑。

桂　　嫂 嗳，她已经收到你的信啦；你写这封信不打紧，她可一千个一万个感激你哪；她要我通知你一声，她的男人在十点到十一点之间不在家里。

福斯塔夫 十点到十一点？

桂　　嫂 对啦，没错的；就趁那个时间，你可以去欣赏欣赏她说你看见过的那幅“画像”；傅德大爷——她的男人，那时候是不会在家的。唉，花朵似的女人，偏嫁着那样一个男人，也真把她苦坏了！那个男的醋劲儿才大呢，跟他过日子才真是活受罪，我的好人儿哪。

福斯塔夫 十点到十一点。娘们儿，替我向她问个好，我一定不会失她的约。

桂　　嫂 啊，这话才说得好。可我还有一个口信要带给你老爷呢。裴琪家的大娘子也是千叮嘱万叮嘱托我向你问个好呢。让我凑在你耳边告诉你一件事儿吧：——她可真算得是个又文静又贤惠、又“瘦胡桃”① 的娘儿，我跟你说了吧，而况又是每天清早晚上，她决不少欠你一次祷告，这温莎地方的娘儿——不管是哪一家的娘儿，她也可以比上一比了；——她可托付我对你老人家说，只恨她那当家的，千年难得跨出大门一步；可是她但愿总有一天会有机会来到。我还从来没看见过哪个女人爱男人爱到这么痴心的——我看哪，说实话，您老一定有什么勾魂迷人的花招吧！——啦，可不是，这还不是明摆着的嘛。

福斯塔夫 （心花怒放）哪儿的话，不瞒你说，我一生多得娘儿们的宠爱，也无非凭我这个人有几样好处而已，除此之外，我再没什么勾魂迷人的本领了。

---

① 应说“守妇道”。

桂　　嫂　祝福您那颗心儿吧——这话说得多好啊！

福斯塔夫　不过，请问，你倒跟我说个明白：傅德家的娘子和裴琪家的娘子，她们两个都爱上了我一个人，彼此可曾把这份情意交谈过吗？

桂　　嫂　那倒真是个笑话了！她们不至于这么不懂体面的吧，我希望——可不，那倒成了新鲜事儿了！可是裴琪家的娘子请你看在这点情分上，把你身边的童儿送给了她吧；她的男人把这个小童儿喜欢得不知怎样才好；再说呢，真的，裴琪大爷倒是个正派的男人。在温莎地方有哪一家大娘子像她那么享福的——她爱干什么就干什么，爱怎么说就怎么说，要些什么，只消开声口，那进进出出的银子都打她手里经过；她想要睡了，就上她的床去，她高兴睡到什么时候起身，就什么时候起身，一切无有不依她的——再说句实话，这样大的福气也是合该她消受；要是在这儿温莎还有一个好女人的话，那就是她了。她问你要个小童儿，你趁早给她送去吧——没有什么讨价还价的。

福斯塔夫　呃，我答应就是了。

桂　　嫂　答应了就得把人送去呢。你想，有了他，你们两人之间要传什么话就方便多了，碰到有些事情就可以用个切口代替，你们二人心里各自明白，那个童儿可懂得什么——小孩子就不应该知道那些荒唐的事儿；不比那些上了年纪的，你明白，是过来之人，像人家所说的那样，懂得好坏，拿得定主意了，那又是一回事了。

福斯塔夫 你走好吧；她们两位面前都要替我问个好——这个钱袋你拿去吧，我以后还要好好酬谢你呢。孩子，跟这位大娘一起去吧。

［桂嫂领罗宾下］

这个消息倒叫我像热锅上的蚂蚁一般！

火　　枪 （望着桂嫂的背影）

别看这条小舢板，给爱神来摆渡，
待我张起满帆追上去，摇旗呐喊，
炮火齐发！——她是我的俘虏了，要是此番
她逃出我手心；大海把她们全吞没吧。①

［下］

福斯塔夫 （兴奋）你说真会有这等事吗，老家伙？你可真有两下子呢，干吧！从此以后，我要格外看重你这身肥肉啦！她们真的把你看中了？想你一生也不知花了多少金子银子，这回可要把本钱捞回来了吗？好一个大胖子，我谢谢你啦。让人家去说吧，这个胖子长着一身浮肉；可只要胖得有人喜欢，那又有什么关系？

［巴道夫手持酒杯上］

① 在历史剧《亨利五世》中，桂嫂嫁与火枪为妻。

巴 道 夫 约翰老爷，楼下有一位白罗克大爷求见，他想跟你结交个朋友，特地送来了白葡萄酒，给你老人家做早晨的饮料。①

福斯塔夫 他的名字叫做白罗克？

巴 道 夫 对，老爷。

福斯塔夫 叫他进来吧。

［巴道夫下］

只要他多的是白葡萄酒，来了这么一个白罗克，倒也欢迎。②哈哈！傅德家的大娘子，裴琪家的大娘子，你们果然给我勾搭上了吗？得啦，加把劲儿！

［巴道夫领化了装的傅德上］

傅 德 上帝祝福你，老爷！

福斯塔夫 也祝福你，大爷！你有话要和我谈吗？

傅 德 素不相识，就前来求见，真是太冒昧了。

福斯塔夫 欢迎得很。有什么见教吗？——酒保，你可以走了。

［巴道夫下］

傅 德 您老人家，我也是个乡绅，向来花钱是不在乎的。我的名字是白罗克。

---

① 当时英国酒店中有送酒结交朋友的风气。又，当时还没有喝茶的习惯，还没有咖啡，只拿酒做“早晨的饮料”。

② “新莎士比亚版”加舞台指示：“把杯里的酒喝个光。”

福斯塔夫 好白罗克大爷，希望今后咱们多来往来往。

傅　　德 好约翰老爷，那我才真是求之不得呢——可不是想来讨什么好处。我不妨把话先说在头里，拿我目前的境况来说，还算不错，我们二人之中，要是有一个把钱借给人家，那么这人理该是我、不是你。正为了这个缘故，才使我斗胆前来，把你给惊动了。因为常言说得好："钱字打头，四通八达。"

福斯塔夫 金子银子是条好汉子，大爷，他老是打头阵。

傅　　德 说知心话，我有一袋钱在这儿，带在身边诸多不便；约翰老爷，要是你肯帮个忙，就把这一袋钱都拿了去吧，或者拿这么半袋钱，也好让我轻松轻松。

福斯塔夫　大爷，我不知道该怎样给你效犬马之劳。

傅　　德　我少不得要仰仗大力呢，是怎么回事，你老人家愿听，我就讲。

福斯塔夫　讲吧，好白罗克大爷，我乐意听候差遣。

傅　　德　我听说，你老人家是个有学问的人，大名我早已久仰了，只恨一直无缘拜见——我还是说得干脆些吧——我现在跟你谈这件事儿，就免不了揭开自个儿的短处让你瞧。可是好约翰老爷，你听着我这真情实话，把一只眼睛瞧着我这人的痴心、糊涂，请把另一只眼睛也在你自个儿身上打量打量吧，那你就是要责骂我，也不至于太严厉了；因为你自个儿明白，男人在这方面犯点儿过失也实在太容易了。

福斯塔夫　很好，大爷，往下说吧。

傅　　德　本地有一位太太，她的丈夫名叫傅德。

福斯塔夫　嗯，大爷。

傅　　德　我早就把她爱上了，我可以告诉你，在她身上着实花了些钱。我好不痴心，只管盯她的梢，怎么也不肯错过可以碰见她的机会；只要有一些希望，可以让我张望到她半个面影儿，我就紧抓住不放。我不但买了一大堆一大堆礼物献给她本人，而且还不惜工本地送东西给她身边的这个那个人，打听她喜欢人家送她些什么。总而言之，我追求她，就像爱情在追我，一时一刻也不肯放松。可是，不管我用在她身上的这番苦心和这许多钱，是不是值得一提，总之，我清楚知道，我不曾得到一丁点儿回报——除非"经验"是一宗宝贝，那我可是出了好大的代价"买"来的，使我能够说出这样几句话：

"金"哥儿一心追求"情"妹妹，
"情"妹妹一阵风，逃之夭夭；
你想追求那天上飞的，
不料你荷包里的也不翼而飞。

福斯塔夫 难道你不曾从她嘴里得到一个满意的答复吗？

傅　　德 从来也不曾过。

福斯塔夫 你也从不曾缠住她，得不到个满意决不放手吗？

傅　　德 从来也不曾过。

福斯塔夫 那么你的爱情算是什么一种爱情呢？

傅　　德 就像一座华丽的住宅，建筑在别人的地面上，只因为看错了位置，结果造屋盖房，白辛苦了一场。①

福斯塔夫 你把这些话告诉我有什么用意呢？

傅　　德 我告诉了你这个，那就是我把什么话都告诉你了。听有人说，别看她在我面前装得冷若冰霜，可是在旁的场合，却很会打情骂俏呢，因此已经引起人家在她背后议论纷纷了。约翰老爷，现在，我就要讲到我到底有什么用意这个节骨眼儿上来了。你是一位门第高贵的大爷，谈吐风雅，往来的全都是头面

---

① 当时英国有法律规定，在主权不属于本人的地面上造屋，得没收其房屋。（"亚顿版"）

人物，你身价高、人品好，是有口皆碑的；何况又是文武全才，刀枪笔墨，全都来得，礼貌又周到，难怪博得大家一致钦佩了。

福斯塔夫 啊，大爷！

傅　　德 相信我这番话，因为我所说的你早就知道了。我有的是钱，你只管拿去用好了，拿去用好了！尽多尽少地拿去用好了！把我所有的钱都拿去用好了！（把钱袋送上）作为交换的条件，我只求你，为了我，花你一些时间，拿傅德家的女人当做可爱的城市，发动一场进攻，攻破她守住的贞操。把你的风流绝招都使出来吧，让她只得乖乖地依顺了你。要是还有哪个男人能征服得了她，那么你一定能够马到成功。

福斯塔夫 你心里火辣辣的只想把她弄到手，难道就肯把你所追求的对象让给我去受用，你心里舒服吗？我觉得你可是给自己出了个荒乎其唐的主意啦。

傅　　德 唉，你还没有明白我的苦心呢。她有恃无恐，对我摆出了一脸的好女人的神气，叫我心里虽有痴念，却不敢怎么放肆；都因为她冰清玉洁，叫我不敢正眼看她一下。嘿，只要有她的什么把柄落到我手里，原来她无非是这么个女人，那我就有了口实，有了前例可援，就可以向她当面求欢了。那时候，看她再躲到哪儿去——她别想再拿出她的贞操啊，她的名誉啊，夫妇间的盟约啊，以及一千种其他的理由做挡箭牌了。可是在眼前她好比躲在铜墙铁壁后面，真叫我拿她无可奈何啊！你说怎么样，约翰爵士？

福斯塔夫　白罗克大爷，第一，你的钱我要不客气地收下了；第二，让我跟你握握手；最后，我是一个有身份的人，我答应你，傅德家的那个女人，只要你喜欢，一定让你受用。

（收下钱袋，握手）

傅　　德　哎呀，你真是热心人！

福斯塔夫　我说了，我答应你了。

傅　　德　你不用愁钱不够用，约翰老爷；我不让你短少一文钱使用。

福斯塔夫　你不用愁傅德大娘弄不到手，白罗克大爷；我不让你缺少一个傅德大娘玩弄。对你说了吧，我正要去跟她幽会呢，还是她自己派人来招我去的。就在方才，你前脚进来的时候，给她传信、或者给她做牵线的那个女人恰好后脚出去。听我说，她约我在十点到十一点之间去跟她幽会；原来在那一段时间里，她那不要脸、死吃醋的狗男人不在家里。你今晚再到我这儿来一次，那你就可以知道我有多大的收获了。

傅　　德　能够和你结交，十分荣幸！不知你老人家认识那个傅德吗？

福斯塔夫　去他妈的，这个倒霉的、合该做王八的奴才！我才不认识他呢。可是我叫他“倒霉”，他才不倒霉呢，听人家说，这个死吃醋的、做乌龟的奴才他家里有大堆大堆的钱呢。我正是看中了他的这个，他那老婆才让我看中的。我要拿她当做一把钥匙，去打开这个王八奴才的金库银库，我的丰收节日来到啦！

傅　　德　我倒是希望你老人家认识认识那个傅德，那么万一跟他碰见了，你也好回避一下。

福斯塔夫　去他妈的，这个靠手艺吃饭、卖咸黄油的浑蛋！只消我把眼睛一瞪，就叫他吓破了胆！只要我一举起棍子，就吓得不敢吱一声！我要拿我的棍子挂在他的绿头巾上，要他知道，这就是他的克星。白罗克大爷，你瞧着吧，我一定要叫这个庄稼汉服帖我，你一定能跟他的老婆睡觉。天一黑你就来吧。傅德是个奴才；我可要提拔他一下。白罗克大爷，你会知道，原来他不单是个奴才，还是个大王八哪。天一黑，你就来吧。

［下］

傅　　德　哪儿来的这个该死的没廉耻的老贼！我的肚子快要给他气炸了。谁说这叫做没来由的瞎吃醋？我的女人已经托人传话给他了；把时间也约定了；这一对儿已经勾搭上了。天下哪一个做男人的会想得到这一着？倒尽了几世的霉：娶来那么一个偷汉子的老婆！我干干净净的床铺要给那两个弄肮脏了；我的银箱要给盗空了！可怜我的名声，难保不落得千人指万人笑了！我不但要蒙受这奇耻大辱，还要让人家给我加上一串难听的称号——而且还偏偏是让那个私下损害我的人给加上的。什么绰号，什么大名哟！叫我“阿楣门”，倒也罢了；“卢西弗”，也还罢了；“巴百松”，也还罢了①——这些个还都是给牛鬼蛇神取的名字、加的称号呀。可偏偏骂我“王八”！“乌龟”！——“王八”！就连魔鬼也逃过了这个称号呢。

裴琪是头蠢驴，闭着眼睛做他的蠢驴。他是相信他的老婆的；他是不懂吃醋的。我宁愿把我的黄油交托给荷兰人看管，把我的干酪交托给休牧师那个威尔士人，② 把我的“活命水”交托给爱尔兰佬，③ 或者把我的骡马交给小偷儿去骑；可我就是不能把我的老婆交给她自个儿看管。你把她一个儿丢在家里，那时候呀，她就要动坏脑筋了，就要耍花招了，就有鬼主意了。一旦有什么念头钻进了她们的心里，她们认为可以做得，那就不怕心碎了也要干了再说。赞美上帝，赐给我这一股醋劲儿！约在十一点钟！我要去撞破他们，盘问我的老婆，抓住福斯塔夫，出我这一口恶气；还要把裴琪取笑一番。

---

① 阿楣门（Amaimon），卢西弗（Lucifer），巴百松（Barbason），都是魔王的名称，前者见于《旧约全书》，后二者见于当时的巫术书中。

② 荷兰人爱吃黄油，当时英国人称之谓“黄油嘴”、“黄油箱”。威尔士人喜食葱与干酪。（“亚顿版”）

③ 爱尔兰人嗜酒，叫威士忌酒为“活命水”。

我马上行动起来；宁可早三点，不可迟一分。呸，呸，呸！王八，王八，王八！

［下］

第 三 景　　温莎附近田野

［凯乌斯大夫及仆人鲁贝上］

大　　夫　杰克·鲁贝！

鲁　　贝　有，老爷。

大　　夫　现在几点钟啦，杰克？

鲁　　贝　已经过了时间了，老爷，休牧师约好的时间已经过了。

大　　夫　老爹，他不来总算保住了他的灵魂；他不来，他是在忙着做祷告、念《圣经》呢。老爹，杰克·鲁贝，他要是来了，他早就活不成了。

鲁　　贝　这也是他的聪明，老爷。他知道你老人家的厉害，来了就是送死。

大　　夫　老爹，杀死一条青鱼也没有像我杀死他那么容易。把你的剑拔出来，杰克，让我来告诉你，我怎样杀死他。

鲁　　贝　哎哟，老爷！我不会使剑呀。

大　　夫 小奴才，把剑拔出来！

鲁　　贝 慢着些，有人来啦。

［店主，夏禄，史兰德及裴琪上］

店　　主 祝福你，好一个大夫！

夏　　禄 上帝保佑你，凯乌斯大夫先生！

裴　　琪 喂，好大夫先生！

史 兰 德 你早哇，大爷。

大　　夫 你们这些人，一个、两个、三个、四个，一起来干啥？

店　　主 来瞧瞧你怎么样交锋，怎么样出手，怎么样横冲直撞，怎么样东一跳西一跳，怎么样刺过去、劈过来，怎么样使回马枪，怎么样摆开阵势，怎么样刀尖儿往上挑。他给杀死了吗，我的俄塞比亚人？他给杀死了吗，我的法兰西斯哥人？[①]哈，老兄！你怎么说，我的伊库拉庇乌斯？我的嘉伦？[②]我的空心树？哈！他给杀死了吗，我的臭烘烘的冤大头？他给杀死了吗？

大　　夫 老爹，他是世界上最没种、最不要脸的牧师，他不敢到这儿来露脸。

---

① 俄塞比亚人，当时欧洲人对非洲民族的统称。法兰西斯哥人，应为法兰西人。店主欺大夫是外国人，胡言乱语一通。

② 伊库拉庇乌斯（Aesculapius），希腊医药之神。嘉伦（Galen），公元二世纪时希腊名医。

店　主　你真是那西班牙大王“尤里那”！希腊大将赫克托，[1] 我的孩儿！

大　夫　我请你们大家给我作个证吧，我在这儿呆了六七个钟点——两三个钟点也不止了呢，可是他没有得来。[2]

夏　禄　他是个聪明人，大夫；他给人家治灵魂的心病，你给人家治肉体的病，要是你们两个决斗起来，那你们可是在自己拆自己的台脚了。我这话对吗，裴琪大爷？

裴　琪　夏禄老太爷，你现在倒是喜欢做和事佬了，当初你自个儿动不动就找人决斗呢。

夏　禄　老天哪，裴琪大爷，我现在年纪老了，火性儿全退啦，可是看到人家拔出了刀剑，我手指头还是痒痒的，恨不得也插进去斗一场呢。虽然咱们是法官、是大夫、是牧师，裴琪大爷，可是咱们身上还有几分小伙子的血气呢——咱们都是女人生下来的儿子呀，裴琪大爷。

裴　琪　说得对，夏禄老太爷。

夏　禄　你看我的话有点道理吧，裴琪大爷。凯乌斯大夫先生，我是来接你回家去的。我如今发誓要做个和事佬了。我看你明明是一个懂事的大夫，休牧师也明

---

① 当时英国人认为他们的敌人西班牙人是狂妄自大的懦夫。赫克托（Hector），希腊史诗中的英雄（并非希腊人），曾临阵逃跑，因此被视为懦夫。“尤里那”（Urinal）意为便壶，请参阅下页注②。

② 没有得来，应为“没有来”；大夫讲的是蹩脚英语。

明是个懂事的、有涵养的教士。怎么说你也得跟着我走，大夫先生。

店　　主　对不起，法官老主顾——跟你说句话，“尿”先生。[①]

大　　夫　刁！这是什么玩意儿？

店　　主　“尿”在我们英国话中，就是“好样儿”的意思，老兄。

大　　夫　老爹，这么说，我跟哪一个英国佬比起来也一样的不少一些“刁”——发臭的狗牧师！老爹，我要割掉他的耳朵！

店　　主　他要把你揍个痛快呢，老兄。

大　　夫　“揍个痛快”！这是什么意思？

店　　主　就是说，他要给你赔个不是。

大　　夫　老爹，我看他不把我“揍个痛快”也不成哪！老爹，我说到就要他做到。

店　　主　我要“挑拨”他一番，叫他这么办，否则让他开步走！

大　　夫　为了那个，我谢谢你。

店　　主　再说呢，老兄——（向夏禄等悄声）可是第一着，我的房客大爷，裴琪大爷，还有史兰德少爷，你们穿过市镇到弗罗摩去。

---

① 当时医生行医，先检验小便，随身都带有便壶，所以店主用“尿”、“便壶”、“臭烘烘”等话来嘲弄大夫。

裴　　琪　休牧师在那儿，是不是？

店　　主　他在那边；去看看他正在发多大的脾气吧；我领着大夫从田野上绕过去。这样好不好？

夏　　禄　我们就这么办。

裴　　琪
夏　　禄　回头见吧，好大夫。
史 兰 德

［三人下］

大　　夫　（拔剑）老爹，我要杀死那个牧师，谁许他替一个猴儿崽子向安妮·裴琪小姐说亲！

店　　主　把他杀掉得了。可你别那么大跳大叫呀；在你的怒火上头泼冷水吧。跟我绕着田野到弗罗摩去吧——安妮·裴琪小姐正在那边一个庄稼人家做客吃饭呢，我把你带到那儿去，你可以当面向她求爱。“一边喊一边打鸟”吧——我这话说得妙不妙？

大　　夫　老爹，我谢谢你的好意；老爹，我喜欢你；我要给你介绍许多大主顾——侯爵啊，爵士啊，大老爷啊，乡绅啊，他们都是我的病人。

店　　主　你这么帮忙，我一定在安妮·裴琪的亲事上做你的“对头”。我说得妙不妙？

大　　夫　老爹，太好了，说得妙。

店　　主　咱们就此开步走吧。

大　　夫　紧跟在我后面，杰克·鲁贝。

［同下］

第三幕

第一景　田野

［牧师及辛仆儿上］

牧　师　（向爬在树上张望的辛仆儿）我这会儿要请问，史兰德大少爷的听差——你这位名叫辛仆儿的朋友，你往哪条路守望凯乌斯大爷——那个自称为“医学博士”的人？

辛仆儿 （骑在树杈上）哎哟，你老，我向着教堂那边望，我向着温莎大林苑望；每条路都望过了，旧温莎大道也望过了；除了通城里的那条路，每一条路我都望过了。

牧　师 我火冒三丈，要你也向那条路望一望。

辛仆儿 知道了，你老。

牧　师 祝福我的灵魂吧！真把我气得个要死，连心都在发抖呢！要是他存心让我扑个空，那倒也罢了——你看我气恼不气恼！我恨不得举起他的便壶朝准他这个奴才的葫芦头上摔——要是有那么个下手的好机会——祝福我的灵魂！

（唱）

河水浅，河水急，
鸟儿唱歌唧唧唧；
玫瑰花儿铺成床，
一千个花指环喷喷香。
河水浅——

老天可怜可怜我吧！我越想越要哭出来啦。

（唱）

鸟儿唱歌唧唧唧——
我一坐坐在巴比伦——
一千个花指环砰砰响。
河水浅——①

---

① 牧师唱的是马娄（Marlowe）所写的歌词，当时很流行。牧师由于心烦意乱，把其中一句歌词唱错了。

辛仆儿 （从树上滑下）他来了，从那边儿来了，休牧师。

牧　师 他来得正好——

河水浅，河水急，

老天保佑好人吧！——他拿的是刀是枪？

辛仆儿 没刀也没枪，牧师。我家少爷，夏禄老太爷，还有另一位大爷也来了，从弗罗摩来了——他们正跨过了梯磴——是这一边。

牧　师 请你把我的袍子给我——不，还是你挟着吧。

（捧书阅读）

［裴琪，夏禄及史兰德上］

夏　禄 喂，怎么，牧师老人家！早安，我的休牧师。叫赌鬼别捞骰子，叫读书人别捧书本儿，那可比登天还难哪。（合拢书本）

史兰德 （自语）唉，可爱的安妮·裴琪！

裴　琪 老天保佑，我的休牧师！

牧　师 慈悲的上帝祝福你们大家！

夏　禄 怎么，又是剑又是书本儿！你想做个文武全才吗，牧师老人家？

裴　琪 还越活越年轻了——只穿一件紧身上衣，一条裤子，在这么个阴冷的、叫人发风湿病的天气！

牧　师 这可有道理、有缘故啊。

裴　琪 我们特地来给你做一件好事儿，牧师老人家。

牧　　师　很好，是什么事儿？

裴　　琪　有一位大大有身价的大爷，看来是受了谁的气恼，把本来的端庄都抛开了，平时的耐性也全忘了，倒在那儿暴跳如雷——那种样儿你还从来没瞧过呢。

夏　　禄　我少说也活了八十个年头，可从来没听说过像他这样有地位、有气派、有学问的人，会这么顾不得自尊自重的。

牧　　师　是谁呢？

裴　　琪　我想你认识他吧——就是那位凯乌斯大夫，有名的法国医生。

牧　　师　上帝的意志！他可把我的心都气破了！你们跟我提起他，还不如跟我谈烧煳了的一锅粥吧。

裴　　琪　为的什么呀？

牧　　师　他懂得什么喜宝克拉底，[①] 什么嘉伦——再说，他又是一个奴才坯子；你想瞧一个没胆量的奴才究竟是什么样儿，那只消瞧他好了。

裴　　琪　（向夏禄）我向你担保，他们两个决斗，找人都找对了。

史兰德　（自语）啊，可爱的安妮·裴琪！

夏　　禄　看样子也真是，他随身带着武器呢。凯乌斯大夫来啦，别让他们揪在一块儿。

---

① 应为希波克拉底（Hippocrates），公元前五世纪希腊名医。

［店主领凯乌斯大夫，及鲁贝上］

［双方拔剑，摆出决斗姿态］

裴　琪　得啦，我的牧师老人家，把你的家伙收起来吧。

夏　禄　你也收起来吧，我的大夫先生。

店　主　双方交出武器，不许动武，只许动嘴——让他们保全了自己的皮肉，只管叫英国话去受那份儿活罪吧。①

（双方被收去武器）

大　夫　（走向牧师）我求你容许我在你耳边说句话：——为什么失了我的约？

牧　师　（向大夫，悄声）我求你耐着些性子吧——正是该讲耐性的时候了。

大　夫　老爹，你是个没种的，是个狗崽子，是个猴儿崽子！

牧　师　（向大夫，悄声）人家存心在捉弄我们啊，我求你，快别做人家取乐的笑料。我希望跟你交个朋友，反正我以后补报你好啦。（故意高声）看我不把你的便壶摔在你这奴才的狗头上，约了日子，定了地点，到临了却不敢露面！

大　夫　见鬼！——杰克·鲁贝，——我的“吊袜带”店主

---

① 讽刺法国大夫和威尔士牧师说不好英国话；他们心里越激动，就越把英国话糟蹋得厉害。

东，——我没有等着他来送命吗？我不曾在约定的地点守候他吗？

牧　　师　我可是个基督徒呢，喂，你听着，这儿才是约定碰头的地点呀——让我那“吊袜带”的店主东来给我说句公平话吧。

店　　主　别闹了吧，我说，“加里亚”和“高卢”，[1] 法兰西人和威尔士人，这一个医的是灵魂，那一个医的是肉体！

大　　夫　呃，好得很，妙。

店　　主　别闹了，我说！且听听我“吊袜带”店主东说几句话吧。我的手段高明不高明？我狡猾不狡猾？我算不算得一个“马基雅弗利”？[2]我能少得了我的大夫吗？不行！他不是给我开方配药、开门配锁吗？我能少得了我的牧师——我的传教士——我那休牧师吗？不行！他不是给我金玉良言、胡言乱语吗？（向大夫）把手伸给我，下界的凡人——对了。（向牧师）把手伸给我，天国的圣人——对了。（把二人的手拉在一起）各有一手好本领的孩儿们，你们两个儿都上了我的当啦；我把你们俩，一个东、

---

① 加里亚（Gallia），拉丁文“Wallia”的讹音，意即“威尔士”。高卢（Gaul），这里指法国人。

② 马基雅弗利（Machiavelli，1469～1527），意大利政治家，著有《君主论》一书，主张君主玩弄权术，实行强权统治；在《亨利六世》（上）中称之为“臭名昭著的马基雅弗利”。

一个西地岔开了，谁都不是那种胆小鬼，谁的身上也没碰掉一根汗毛；大家喝一杯热热的白葡萄酒收场了事吧。（向裴琪和夏禄）来，把他们的剑拿去当了吧。跟我来，讲和了的孩儿们，跟我来，来，来呀。

夏 禄 你相信我的话好了，真是个疯疯癫癫的老板！——跟上去吧，各位，跟上去吧。

史兰德 （自语）唉，可爱的安妮·裴琪！

（除大夫、牧师外，众下）

大 夫 （望着店主东的背影）哼！我看不出来吗？你把咱们当做傻瓜了吗，哼，哼？

牧 师 这倒好呀，他叫我们变成了他的“逍遥”① ——我愿意你跟我成了站在一边儿的朋友，两人一起凑个主意，找那个可恨可恶的臭贼、这个“吊袜带”店老板报仇。

大 夫 老爹，这话正合我的意思！他答应带我去跟安妮·裴琪见面，老爹，谁知他这也是在哄我呢。

牧 师 好吧，你看我不把他的狗头打破了。请你跟我来吧。

［同下］

① 应说“笑料”。

第 二 景　　温莎街道

［罗宾，裴琪大娘一前一后上］

裴琪大娘　不行，走慢点儿，小少爷；你一向总是给人家做跟班，这会儿你倒是要做起领班来了。你喜欢领导我的一双眼睛呢，还是宁可两眼看着你家老爷的一双脚跟？

罗　　宾　我乐意走在你的头里，像个大丈夫似的，没错的，可不喜欢跟在我家老爷后面，像个小鬼头。

裴琪大娘　哎哟，你倒是个挺会奉承的孩子！我看你将来会做个能说会道、出入宫廷的人物呢。

［傅德上］

傅　　德　巧极了，裴琪大娘，你到哪儿去呀？

裴琪大娘　说真的，大爷，去瞧瞧你家嫂子。她在家吗？

傅　　德　在家呢，她正因为缺少个伴儿，像掉了魂似的，不知怎么才好。我看呀，要是你们的两个男人死了，你们两口子倒可以配成一对夫妻呢。

裴琪大娘　那个你不用担心，配成两对夫妻——另外再找两个男人。

傅　　德　你哪儿弄来的这只漂亮的小公鸡？

裴琪大娘 这童儿是人家送的，可把他送给我丈夫的那个人的名字，叫张三还是李四，我老是记不起来——喂，你说，你的老东家那个骑士他叫什么名字？

罗　　宾 约翰·福斯塔夫爵士。

傅　　德 约翰·福斯塔夫爵士！

裴琪大娘 正是他，正是他！要我记住人家的名字，可真要我的命。我那个当家的跟他有往有来的可热闹哪！——你家嫂子当真在家吗？

傅　　德 她真的在家。

裴琪大娘 那么，大爷，别见怪，我走了——不见她的面，我的心，总有些不落实。

［裴琪大娘，罗宾一后一前下］

傅　　德 裴琪这人还有头脑吗？他这人还生眼睛吗？他这人也不会想一想吗？还用说，他的头脑、眼睛准是睡大觉啦；他要头脑、眼睛干吗呢。哼，这孩子可以送一封信到六十里外的地方去，就像把大炮直射到二百四十步外那么方便。他女人爱怎样就怎样，样样都依着她；他女人心里有个邪念头，他就听它发展，看它成长。这会儿她瞧我的女人去了，还带着福斯塔夫的小厮！一个聪明人是看见云就知道风的——她还带着福斯塔夫的小厮！多周密的计谋！我们家里那两个丢脸的女人，她们准备一块儿下地狱呢。好得很，我要当场捉住他；然后，再好好地收拾收拾我那个女人；我可要把好一个裴琪大娘的假面具给剥下来，看她还装不装假正经；我可要当众宣布，裴琪只是死心塌地、闭着眼睛做他的老王八。我拿出狠劲儿来，干下这番轰轰烈烈的事业，眼看我前后左右的邻居都要向我齐声喝彩啦！

［钟鸣十下］

钟声提醒了我；我既然十拿九稳，就彻底地搜一搜，当场把福斯塔夫抓出来。人家知道了，只会赞美我，不会嘲笑我。就像地球是结结实实的，不用问，福斯塔夫正在我的家里——我这就去。

［裴琪，夏禄，史兰德，店主，休牧师，凯乌斯大夫及鲁贝上］

大伙儿 巧极啦，傅德大爷。

傅　德 （悄声）说实话，真是来了大队人马！（向众人）我家里有开心的事儿，请各位一起跟我走吧。

夏　禄 恕我只得失陪了，傅德大爷。

史兰德 我也有事儿呢，大叔。我们已经约好，要到安妮小姐家去吃饭呢——我可不能跟她失约，哪怕我开口要多少钱，你只多不少，就给多少钱。

夏　禄 我们有心要替我的侄儿史兰德向安妮·裴琪求亲，也进行了有些时日，今天就好讨得回音啦。

史兰德 我希望我已经让你看中了，裴琪老爹。

裴 琪 我是看中你了，史兰德大少爷；我是完全护着你的——可是我那内人，大夫先生，却是只管护着你呢。

大 夫 对了，老爹！说到那个姑娘，她却爱的是我。我家里的女用人桂嫂就是跟我这么说的。

店 主 你说那位范顿少爷怎么样？他会跳会蹦，他会舞蹈，他眼睛里青春在闪耀，他会写诗，他说话像过年过节，喜气洋洋，在他身上闻得出一股子春二三月的气息。他会到手的，他会到手的！——三个指头夹一个田螺，他会稳稳到手的！

裴 琪 可别想得到我的同意，我跟你说了吧。这位大少爷没有家产。他跟那位放浪的王太子、跟波因斯混在一起；[①] 他的地位太高了；他知道的东西也真太多了。不，他别打算攀上了这门亲事，就此靠我的家当过好日子。他要是把她娶过去，让他光娶她一个人好了。我的财产可是由我做主的，别指望我会答应让我的财产往那边儿送运。

傅 德 我真心诚意地请你们中间的哪几位跟我一起到舍间便饭。除了有酒有菜之外，还有好东西给你们解闷呢。我要请你们见识见识一头怪物。大夫先生，你一定得

① “放浪的王太子”指英王亨利五世，他曾经少年放浪；波因斯是他做王太子时的跟从。参见《亨利四世》。

去，你也得去，裴琪大爷，还有你，休牧师。

夏　　禄　也好，那么回头见吧。我们到裴琪大爷家里去求亲，倒是更方便了。

［夏禄，史兰德下］

大　　夫　回家去吧，约翰·鲁贝；我马上就来。

［鲁贝下］

店　　主　回头见，我的各位知心人儿；我要去看看我那个老实的福斯塔夫骑士，陪他喝一杯海外来的葡萄酒。

傅　　德　（自语）陪他喝闷酒我可不喜欢，我要叫他当场大跳其舞才好呢。①各位大爷，咱们走吧。

大 伙 儿　跟你走吧，也好瞧瞧那“怪物”去。

［同下］

第 三 景　　傅德家中，室内

［傅德大娘及裴琪大娘上］

傅德大娘　喂，约翰！喂，罗伯特！

裴琪大娘　快些儿，快些儿！——那个放脏衣裳的篓子——

傅德大娘　没有问题。喂，罗宾，在叫你哪！

---

① 意谓准备用棍子打得他东躲西闪。

［二仆人携大篓子上］

裴琪大娘　来、来、来！

傅德大娘　这儿，放下来。

裴琪大娘　该怎么办，快嘱咐他们吧；也只能三言两语地说一说了。

傅德大娘　嗳，也就是我本来关照过你们的话；约翰，罗伯特，你们两个就给我守在酿酒房的近旁，别走开，等到听见我一声叫唤，就马上进屋子来，也不用问，也不必迟疑，抬起这个篓子往肩头放；就这样，两人扛着一个篓子，三脚两步往外走，跟着那些漂白布的人一起赶到达契草坪，[①] 一到那儿，就把这一篓东西一股脑儿倒翻在泰晤士河边的烂泥沟里。

裴琪大娘　你们能办到吗？

傅德大娘　我一遍又一遍关照过他们了；他们不会弄不清楚的。——去吧，一听到我叫你们，马上就来。

［二仆人下］

裴琪大娘　小罗宾来了。

［罗宾上］

傅德大娘　怎么样，我的小鹰儿！带来了什么消息？

---

① 达契草坪（Dachet mead），在泰晤士河边，温莎以东二英里处。

罗　　宾 我家老爷约翰爵士已经从你的后门进来了，傅德奶奶，想跟你谈谈心。

裴琪大娘 你这小精灵，你可曾把这儿的什么泄露了出去？

罗　　宾 不，我可以对天发誓。我家老爷并不知道你也在这儿；他还吓唬我呢，要是我把他溜到这儿来的事告诉了你，那我这一辈子可再也别想有主子来管束了——一句话，他赌咒说，他就要把我一脚踢出大门外。

裴琪大娘 真是个好孩子。小嘴巴闭得紧，新衣裳就穿上身——我要叫裁缝替你做一身新衣新裤呢。让我去躲起来吧。

傅德大娘 去躲好吧。（向罗宾）去跟你的主人说，屋子里只有我一个人。

［罗宾下］

裴琪嫂子，记好你的“接口”——我刚说到哪句话就该你出场了。

裴琪大娘 你放心吧，要是我跟你合不上板眼，尽管喝我的倒彩好了。

傅德大娘 那就太好了！我们可得叫这个肮脏的脓包知道些儿厉害——这个一泡水的烂西瓜！我们可得教训教训他，也好叫他看清楚了，别把鹁鸪错当乌鸦。

［裴琪大娘下］①

---

① “新莎士比亚版”舞台指示作：“裴琪大娘从一边门出，留门缝儿，福斯塔夫从另一边门入。”

［福斯塔夫上］

福斯塔夫 “我那天上的明珠，你果真落在我手心里了吗？”①啊，让我死了吧，我算是活够了——我最大的心愿就到此为止啦——噢，今天真是黄道吉日哟！

傅德大娘 哎哟，亲亲热热的约翰爵士！②

福斯塔夫 好嫂子，花言巧语我可不会，也不懂得油嘴滑舌，好嫂子。你害我犯了罪，因为这会儿我心里正起了一个念头，巴不得你的男人已经死了。即使当着最大的王爷，我也要这么讲；我要娶你，立你做我的爵士夫人。

傅德大娘 我，做你的爵士夫人，约翰爵士？哎哟，可不要惹得人笑歪了嘴！

福斯塔夫 我倒要问：法兰西宫廷也捧得出这么一位贵妇人吗？瞧你的眼睛儿，赛过一对金刚钻；你那弯弯的漂亮的额头，真有样儿，不管戴上了船式帽子③，花式帽子，或者随便什么式样在威尼斯流行的帽子，都是最合适也没有呀。

傅德大娘 一块普通的头巾也就罢了，约翰爵士。我这额头再

---

① 此句引自锡德尼（P. Sidney）长诗《阿斯特洛斐与丝苔拉》第二歌首句。

② “新莎士比亚版”加舞台指示：“二人拥抱。”

③ 船式帽子，帽子上系着缎带，像帆船上随风飘扬的旗帜，因而有此名称。

不配戴别的什么；就算包一块普通的头巾我也不配呢。

福斯塔夫　老天在上，你这么说，可是存心跟自己那么一张脸蛋儿过不去嘛！你要是进到宫廷里，还不是个红人儿！你的脚步稳重，让你穿上一件半撑开的围裙，那走起路来的样儿，该有多好看呢。我看你，怎么得了——天生的宠儿一个；只恨命运偏跟你做了对头！①可是算了吧，你就是不想出风头也不成啊。

傅德大娘　瞒不过你，我实在是见不得人的，别只管捧我吧。

福斯塔夫　那么为什么我偏偏爱上了你呢？单凭这个，你不相信也得相信。在你身上自有超群出众的地方。来吧，我是不会花言巧语的，说你这样儿好那样儿好，拿你比长比短；只有那些咿哟咿哟、话还说不清楚的嫩芽儿才来这一套。你别看他们的穿着，倒是爷儿们的衣裳，可是忸忸怩怩，完全娘儿们的腔调；你闻闻他们身上那一股气味儿，就像走进了一家药材铺子，而且还是在那采药草的日子呢。我可不来这一套；可是我爱你，不爱别人只爱你；你配得上我。

傅德大娘　你不要口是心非呀，老爷。我只怕你爱着裴琪家的大娘呢。

福斯塔夫　哪儿的话！你不如担心我有一天会喜欢到坑得门边

① 指傅德大娘长得有姿色，然而偏嫁在平民百姓家，身份低微。

去溜达呢[1]——要知道我最恨的就是这个坑得门了，它简直就是一座冒着浓烟的石灰窑。

傅德大娘 好吧，只有上天才知道，我爱你爱到什么个地步；总有一天会让你觉得我在你身上用了多少心。

福斯塔夫 这话你要放在心里呀；我不会让你在我身上白用心的。

傅德大娘 不行，我怎么也得向你表明，你是值得我放在心上的，否则我才不肯费这番心思呢。

［罗宾急上］

罗　　宾 傅德奶奶，傅德奶奶！裴琪家的奶奶正在门口儿，满头大汗，气都喘不过来，慌慌张张，说是有句要紧话要立刻跟你谈。

福斯塔夫 别让她看见我！我且到挂毡后面去躲一躲。

傅德大娘 请你快快躲起来吧！她这个女人最是多嘴多舌的。

［福斯塔夫躲在挂毡后面］

［裴琪大娘气喘吁吁上］

出了什么事呀？怎么啦？

---

① 坑得（Counter）是伦敦的监狱名。这个监狱专囚禁无力偿还的债户；债台高筑的福斯塔夫自然特别恨它。狱中臭气触鼻，所以比作了石灰窑。

裴琪大娘 哎哟，傅德嫂子！你干的好事儿！你的脸丢尽啦，你再不能做人啦，你这辈子别想抬得起头来啦！

傅德大娘 是什么事儿呀，好嫂子？

裴琪大娘 哎哟，老天，傅德嫂子！嫁了这么个正派的男人，偏还要让他疑心自己的老婆。

傅德大娘 我有什么好叫他疑心的呀？

裴琪大娘 有什么好叫他疑心的！呸，别不害臊吧！真没想到你对我也来这一套！

傅德大娘 嗳！——嗳！——到底是怎么一回事呀？

裴琪大娘 你这女人，你的男人就要赶来啦，他把温莎城里所有的警官都带了来啦；他说有一个野男人这会儿正在他家里，是你趁他不在家的时候私下约来的，他现在就要来搜查啦——看你还想做人！

傅德大娘 不至于有这种事儿吧，我希望。

裴琪大娘 求求上帝，不至于有这种事儿——把野男人藏在你家里！不过千真万确的是，你家男人眼看就要到来，他的后面跟着温莎城里半城的人，要来搜查这个人啦。我抢个先赶来向你报信。要是你自问没有干下什么亏心的事儿，嗳，那么我也替你高兴；万一你果真藏了一个“男朋友”在这儿，赶快，赶快把他弄出去吧！不要发呆了，快清醒清醒吧；保全你的名誉要紧，否则从此以后，你再也别想有好日子过啦。

傅德大娘 叫我怎么办好呢？是有一位大爷在这儿，我的好姐姐；我自个儿要出丑露乖，我是再也顾不得了，怕只怕此番要连累了他。我情愿拿出一千个金镑，只要他不在我这个屋子里就好了。

裴琪大娘　别不害臊吧！快别胡扯什么“你情愿长”“你情愿短”——你的男人说到就到啦！快想个什么办法把他弄出去吧。在这座宅子里你别指望有他的藏身之处。唉，你瞒得我好紧呀！瞧，这儿有一个篓子，只要他的身坯长得还近乎情理，他倒是可以钻得进去，我们随手把一些肮脏衣裳往上面一盖，人家只道是一篓要送出去清洗的衣裳——或者呢，——眼前恰好是漂白衣裳的时期——你就打发你家里的两个仆人把他连篓子扛到达契草坪吧。

傅德大娘　（打开篓盖）像他这么个大胖子，怎么能钻得进呀，叫我怎么办才好呢？

［福斯塔夫从挂毡后冲出来］

福斯塔夫　让我瞧瞧，让我瞧瞧，噢，让我瞧瞧吧！——我钻得进，我钻得进！——就依你那位朋友的主意吧——我钻得进！（把篓子里的衣服甩出来）。

裴琪大娘　什么，约翰·福斯塔夫爵士！（悄声）这可是你给我的信吗，骑士？

福斯塔夫　（悄声）我爱你，就只爱你一个人* ——（大声）

---

*　“就只爱你一个人”一句据“四开本”补入。

快帮我脱身吧！——让我钻了进去——我再也不——

（钻进篓子里。二妇女把大堆脏衣服压在上面）

裴琪大娘 孩子，你也来帮着把你家老爷盖没了——傅德嫂子，快叫你的仆人来吧——你这个虚情假意的骑士！

傅德大娘 喂，约翰！罗伯特！约翰！

［罗宾下］

［二仆人上］

快快把这一篓衣裳扛起来——杠棒在哪儿？瞧你们，手脚多慢啊！把这些脏衣裳送到达契草坪的洗衣裳的女人那儿去——快些儿，动手吧。

（两仆人抬篓子往外走）

［傅德，裴琪，凯乌斯大夫及休牧师上］

傅　德 请各位走过来些吧。要是我毫无名堂地犯了瞎疑心，呃，那么你们尽管取笑我好了；我就做你们的话把子，这是我自作自受——喂，怎么一回事？你们要把这篓子扛到哪儿去？

仆　人 送到洗衣裳的女人那儿去，真格的。

傅德大娘 嗳，他们把篓子送到哪儿去，跟你有什么相干呢？你真是最会管闲事，人家洗绒衫、洗绒帽……

傅　德　雄猫！——我巴不得我能亲自动手洗一洗这头老雄猫呢！——雄猫，雄猫，雄猫！对了，雄猫！我说了你们还别不信，是头老雄猫！还是头在叫春的老雄猫呢。等会儿你们就明白了。

［二仆人扛篓子下］

各位大爷，昨儿晚上我做了一个梦；现在我就把这个梦告诉你们——这儿，这儿，我的一串钥匙在这儿——上楼到我的卧房里去吧，搜呀，查呀，捉呀，我担保你们准会揪出那头大雄猫。且让我先把这条通道给堵住了。（锁门）这下子，大家来瞧好看的吧！

裴　琪　我的傅德大爷，何必这样呢，你这明明是跟自个儿过不去呀。

傅　德　说得对，裴琪大爷。上楼去吧，各位大爷，你们马上就有好戏看啦！跟我来，各位。

［上楼］

牧　师　这真是莫名其妙的瞎疑心，真是大犯醋劲儿。

大　夫　老爹！在法兰西就没有这种事，咱们法国人是不谈什么吃醋的。

裴　琪　得了，跟他走吧，各位大爷；瞧他到底搜出些什么名堂来。

［随大夫及牧师上楼］

裴琪大娘　咱们这一着不是"一箭双雕"吗？

傅德大娘　真让我开心死了——我说不准究竟是我男人上了我的当，还是约翰爵士上了我的当，让我这么开心！

裴琪大娘　你的男人查问篓子里装着些什么玩意儿的时候，他一定吓得魂都没有了！

傅德大娘　恐怕他本来也该洗个澡了吧；把他扔进河里，倒是给他做了件好事儿呢。

裴琪大娘　这个该死的不老实的流氓！但愿像他这种心肠的，都得吃这种苦头！

傅德大娘　我看我那男人不全是瞎疑心，他有些儿知道福斯塔夫在这里；像他今天这么醋劲儿大发，我还从来没见过呢。

裴琪大娘　让我想个法儿摸一摸他的底。一方面，我们还得好好作弄一下福斯塔夫。这个老色鬼，毛病实在太深了，眼前这一服药吃下去，治不了他的病根子。

傅德大娘　我们要不要再派桂嫂那个愚蠢的臭婆娘到他那儿去走一遭，说几句好话，他被人扔进水里怪不得我；再挑逗得他心眼儿痒痒的，好叫他再吃一次苦头。

裴琪大娘　我们准那么干。就约他明天早晨，八点钟，再来一次，只说是要补报补报他。

［傅德，裴琪，大夫和牧师下楼］

傅　　德　我搜不出他这个人。这个奴才，也许只是在那儿吹牛罢了，哪儿敢做这种事。

裴琪大娘　（向傅德大娘，悄声）听见了他这话吗？

傅德大娘　（悄声）嗯，嗯，别做声。——（挑衅地）傅德大爷，你待我真是太好了，是不是？

傅　　德　（垂头丧气）嗳，嗳，说得对。

傅德大娘　但愿上天可怜，让你还有一张脸可以见人吧，尽管你肚子里的想头见不得人。

傅　　德　（可怜巴巴地）说得好！

裴琪大娘　傅德大爷，你真是大大地跟自己过不去呀。

傅　　德　对，对，只怪我不好。

牧　　师　要是在这宅子里，房间里，柜子里，衣橱里，搜得出一个人来，那么在“最后审判日”到来的时候，上天饶恕我的罪过吧！

大　　夫　老爹，我也这么说！人影儿也没有一个呀。

裴　　琪　呸，呸，傅德大爷！你难道不害臊吗？是什么精灵、什么魔鬼附在你身上，叫你想出这个念头来的呢？哪怕把温莎城堡里的金银财宝全送给我，我也不愿意看见你再犯这个毛病了。

傅　　德　这是我的不是，裴琪大爷，我这是自讨苦吃。

牧　　师　都是你良心不好害了你自个儿。你的老婆是个规规矩矩的女人，我看五千个女人里头也难找像她这模样的一个——就是五百个女人里头也找不到呢。

大　　夫　老爹，照我看，是个规矩的女人。

傅　　德　好吧，我本来是说请你们来吃饭的——来，来，咱们先到林苑里去走走。请诸位多包涵些吧；以后我会告诉你们，为什么我今天会来这么一下子——来，我家娘子；来，裴琪家嫂子——请你们二位多包涵些吧，① 这是我的心里话，请多包涵些吧。

裴　　琪　各位大爷，到时候咱们就去他家吃饭吧；* 可是放心好了，咱们一定要把他嘲笑一番。明天早晨，我请各位到我家来吃早饭；吃罢早饭，我们就一起打鸟去。我养了一头很好的猎鹰，追捕矮树上的燕雀，十分灵活呢。大家怎么说？

傅　　德　怎么都行。

牧　　师　明天的游乐，只要你们是其中一分子，那我就做其

---

① “新莎士比亚版”加舞台指示：“拿起她们的手。”傅德说完话以后，“二大娘入内，准备饭菜。”

* 原文“Let’s go in”，译文从贝文顿注释（“河滨版”注释近似）。

中的二分子。

大 夫 要是有了一分子、二分子，我来做个三分子。

傅 德 裴琪大爷，请你走吧。

[傅德及裴琪下]

牧 师 请你明天别忘了那个臭贼——那个客店老板。

大 夫 很好；老爹，我记得才牢呢！

牧 师 好一个臭贼！居然捉弄人，叫人家上当！

[同下]

第四景 裴琪家中

[范顿及安妮谈话上]

范 顿 我看我是讨不到你爸爸的欢心了；
所以你别再叫我去求他了，好妮妮。

安 妮 唉！怎么好？

范 顿 那你就得自个儿拿主意了。
你爸爸反对我，说是我门第太高；
又说我早把家产挥霍一空了，
我其实是看中他的钱，好弥补亏空。
他又拿别的挡箭牌挡在我面前——
我过去太荒唐，说交的朋友太胡闹；

还跟我讲，他怎么也不能相信我，
我爱你，其实爱你带来的钱。

安　　妮　也许我爸爸这话是说对了呢。

范　　顿　不，上天不许我今后存这条心！
虽然我得向你承认，你爸爸的财产
是我最初来求婚的动机，安妮。
可是，自从我亲近了你，我发现
你本人价值远超过那黄的金、白的银；
我现在一心追求的只是你本人
这无比的宝贝。

安　　妮　温文的范顿少爷，
你要讨得爸爸的欢心，多用些功夫；
要是几次三番，最恭顺的恳求
都不能让你如愿以偿，嗳，那么，
你过来，我跟你说——

［二人退至一旁密谈］

［夏禄，史兰德及桂嫂上］

夏　　禄　桂嫂，打断他们的谈话吧，我这位外甥有几句话要亲口跟她说呢。

史 兰 德　到手也罢，失手也罢，奶奶的，反正我得硬起头皮来碰一下子运气！

夏　　禄　别垂头丧气呀。

史 兰 德　我不会让她叫我垂头丧气的；我才不把这个放在心上呢——可是我有些儿怕。

桂　　嫂　（走向安妮）喂，喂，史兰德少爷有句话要跟你谈呢。

安　　妮　我就去。

（向范顿）这就是我爸爸看中的人儿。

唉，只消一年有了三百镑进账，

怎么难看的丑八怪也成了俏哥儿！

桂　　嫂　好范顿少爷，你好吗？让我陪你说句话吧。

（拉范顿退至一旁）

夏　　禄　她来了；你迎上去吧，外甥。噢，孩子，记住：你有一个爸爸！①

史 兰 德　我有一个爸爸，安妮小姐。我的舅舅，他能告诉你关于我爸爸的许多笑话儿。——舅舅，你能不能给安妮小姐讲一讲那许多笑话儿，我的父亲怎样从围栏里偷了人家两只鹅，好舅舅。

夏　　禄　（推他上前）安妮小姐，我那外甥儿很爱你呢。

史 兰 德　对，是很爱她呢；我爱这儿葛乐斯德郡的随便哪一个小娘儿也不过这样罢了！

夏　　禄　他会供养你，有吃有穿，让你做一位少奶奶。

史 兰 德　对啊，让她做个少奶奶——不管上门来的是短尾巴、

---

① 意谓不用慌的，当初你爸爸也曾像你现在这样，向一个女人求过婚。史兰德并没有领会这是给他鼓气的话，却缠到歪里去了。

长尾巴，只要是乡绅人家出身的就行。①

夏　禄　他愿意划给你一百五十镑，算是你名下的遗产。

安　妮　我的夏禄老太爷，他要求婚，让他自个儿来说吧。

夏　禄　呃，我谢谢你；我谢谢你这番好意。她叫你呢，外甥。我让你们两个儿谈吧。

[退至一旁]

安　妮　啊，史兰德少爷。

史兰德　啊，安妮好小姐——②

安　妮　你有什么意旨要吩咐吗？

史兰德　我有“意志”！老天爷的心肝儿！这玩笑开得多妙，说真的！我出世以来可还不曾知道什么叫“意志”呢，我感谢上天；我才不是那种不懂好歹的家伙，我赞美上天！

安　妮　我是说，史兰德少爷，你有什么事要跟我谈吗？

史兰德　拆穿了说，本来，我自个儿跟你有什么好谈的——河水不犯井水嘛。都是叫你的爸爸、我那舅舅，他们俩闹腾起来的。要是我运气好，那也罢了；不然的话，让别人去称心如意吧！他们两个可以告诉你，事情怎么个长怎么个短，比我自个儿说得还地道些。你去问你的爸爸好了——他来啦。

---

① 短尾巴、长尾巴，意即各种各类的狗。史兰德最爱谈狗，这里又拿狗作比，意谓凡是乡绅人家的姑娘，到他家来做媳妇，他一概供养。

② “新莎士比亚版”加舞台指示：“拉拉自己的胡子。”

［裴琪和裴琪大娘上］

裴　　琪（满脸笑容）

啊，史兰德少爷。你爱他吧，妮妮——

（恼怒）

怎么！范顿少爷，你来这儿有什么事？

你也太欺人了，少爷，老是往我家钻；

我早就跟你把话说明白了，少爷，

我的闺女已经许给人家了。

范　　顿　唉，裴琪大爷，你何必生气呢。

裴琪大娘　好范顿少爷，别再来找我的孩子了。

裴　　琪　她跟你并不相配。

范　　顿　大爷，容我说句话。

裴　　琪　　　　　　　　　　不必了，好少爷。

来吧，夏禄老太爷——

来吧，史兰德，我的亲孩子，进去吧。

（向范顿）

你又不是不知道我，你太欺人了！少爷。

［挽史兰德下，夏禄随下］

桂　　嫂　去求求裴琪大娘吧。

范　　顿　我的裴琪大娘，我爱你的女儿，

我对她情深意切，一片的真心，

不管别人怎么阻挠、怎么反对，

怎么样一副脸色，我还是要

举起我的爱情的旗帜向前进，
不退让一步。求你成全了我吧！

安　妮　好妈妈，别把我嫁给那个傻瓜吧！

裴琪大娘　我不赞成那头亲事；我要另给你找个好丈夫。

桂　嫂　（向安妮，悄声）那就是我东家凯乌斯大夫。

安　妮　唉！要我嫁给那个医生呀，
我宁愿让你们把我活埋了，杀了！

裴琪大娘　（向安妮）
好了，你不用心焦。好范顿少爷，
别把我当朋友，我也不做你的对头；
回头我问问女儿，她对你的情意
究竟怎么样。我不会怎么难为她的。
现在要失陪了，少爷。她再不进去，
她的爸爸可要恼火啦。

范　顿　再见吧，好大娘。再见，妮妮。

［裴琪大娘拉安妮入内］

桂　嫂　都是我在给你说好话呢。“不行，”我说，“你怎么能把你的闺女胡乱塞给一个傻瓜，一个医生呢？瞧，范顿少爷多好！”都是我在给你说好话儿呢。

范　顿　多谢；我求你啦，替我把这个戒指，
今天晚上，送给我那亲爱的妮妮。
这儿是给你的辛苦钱。

桂　嫂　（收下戒指和钱）但愿你福星高照！

［范顿下］

他的一颗良心倒是真好！一个女人碰到这样好良心的男人，就是火里水里也去得。可是我倒又希望我的东家能娶到安妮小姐；我还希望史兰德少爷娶了她；再不，说真的，我又希望范顿少爷娶了她。他们三人，一个个我都愿意替他们出力，因为一个个我都已经答应下来了；我答应的话总得算数啊。可是我特别要替范顿少爷卖力。慢着，还有我的两位奶奶差我到约翰·福斯塔夫老爷那儿走一遭呢。可我倒是只管在这儿磨洋工，该死！

［下］

第五景　“吊袜带”客店

［福斯塔夫上］

福斯塔夫　巴道夫，喂！

［巴道夫上］

巴道夫　有，老爷。

福斯塔夫 给我拿一夸脱白葡萄酒来，泡一块烤面包在酒里。

［巴道夫下］

哪想得到我活了这一把年纪，此番却给人塞进篓子里抬出去，好比屠夫砍下的一车肉屑肉骨头一般，给人倒进了泰晤士河里！哼，要是下回我再这么上人家当，受人家骗，我情愿把我的脑髓给敲出来，涂上一重黄油，算是过年过节的点心，扔给狗子吃。那两个下贱坯，把我扔进河里，好比淹死瞎眼老母狗的一窝十五只狗崽子那样，良心上不打一个疙瘩。你们瞧我这么个胖墩墩的大个子，也就可以知道，我一掉进水里，还有什么能把我托得住的！不管这条河深得直通到地狱里，我也会一个倒栽葱，直沉到底。总算我恰好落在一个浅水的沙滩上，要不，我早就淹死啦——我最怕的就是淹死！人淹死了，尸体就要膨胀，一旦我也成了个浮尸，那还成个什么体统！让我一膨胀，河面上可不只见耸起好一座肉山来了吗？

［巴道夫持酒杯上］

巴道夫　老爷，桂嫂在门外，说是要见你说话。

福斯塔夫　来，先让我灌几盅酒到肚子里，我这肚子里啊，全是泰晤士河里的河水，冷得我就像欲火攻心的时候，把雪球当做丸药，一口口往下咽。（喝酒）去叫她进来。

巴道夫　进来吧，小娘儿！

［桂嫂上］

桂　嫂　劳驾了[①]。请老爷高抬贵手。小妇人在这儿向老爷

---

① 劳驾了，桂嫂在走进房门时先向巴道夫打了个招呼。

请早安了。

福斯塔夫 把这些酒杯收去。给我好好儿烫一壶白葡萄酒来。

巴 道 夫 放几个鸡蛋，老爷？

福斯塔夫 什么也别放；我不要小母鸡下的卵放在我的酒里。

［巴道夫下］

喂，有什么事儿？

桂　　嫂 好说，老爷，我这会儿来见老爷是奉了傅德家的大娘子的差遣。

福斯塔夫 傅德家的大娘子！我“敷”了好大一块膏药呢；我“浮”在河中心呢；我肚子里一肚子的水不肯跟我“敷”衍呢。

桂　　嫂 唉，哎哟！好人儿，这可怪不得她呀！——谁想到她那两个仆人错尽错绝，听不懂她话里的意思；可真把她气死啦！

福斯塔夫 可也真把我气死啦！谁叫我听信一个蠢女人的话，一股劲儿地赶了去。

桂　　嫂 唉，老爷，为了这回事她伤心得直掉泪，直叹气呢，谁瞧见了她那种怪可怜的样儿也会把心软下来的。她那当家的今天一早就打鸟去了；她特地请你在八九点钟光景，再到她家去一次。我只能三言两语地把她的话传一下，总之，包在我身上，这一回她可要好好儿地补报补报你啦。

福斯塔夫 也罢，我就去看看她吧。你回去告诉她；叫她想想，男人本来是个什么东西；让她再数一数，哪一个男人不是见一个爱一个的，那就知道像我这么有良心的男人真是少见少有的呢。

桂　　嫂　我一定去对她说。

福斯塔夫　这就对了。你是说，在九十点钟光景吗？

桂　　嫂　在八九点钟，老爷。

福斯塔夫　好，你去吧。我不会失她的约。

桂　　嫂　祝你无灾无殃，老爷。

［下］

福斯塔夫　我倒是奇怪，白罗克大爷怎么还不来；他托人带口信来，叫我在客店里等待他。我很看得中他口袋里那几个钱。——啊！他倒来啦。

［傅德乔装上］

傅　　德　祝福您，老爷！

福斯塔夫　喂，白罗克大爷，你可是想来问一下，我跟傅德的老婆，两人交道打得怎么样了？

傅　　德　可不，约翰老爷，我正是为此事而来的。

福斯塔夫　白罗克大爷，我不想跟你说谎，昨天到了她约我的时间，我已经在她家里。

傅　　德　一切顺手吗，老爷？

福斯塔夫　倒霉透了，白罗克大爷。

傅　　德　有这样的事！老爷？莫非她临时变了卦吗？

福斯塔夫　不是她变卦，白罗克大爷；偏偏那个贼头狗脑的老王八——她的男人——白罗克大爷，时时刻刻提心吊胆防着他女人。我跟她两个见了面，搂也搂过了，嘴也亲过了，大家把你恩我爱的话也说过了，好比得一本大团圆的喜剧，开场白已经念过了；谁知就在这当儿，他闯进来了，后面还跟着他的一帮子喽啰；他大叫大闹，那班爪牙可就越发猖狂得意了——可不是，吵吵嚷嚷地定要搜查宅子，捉拿奸夫。

傅　　德　怎么！那时候你就在屋子里吗？

福斯塔夫　那时候我就在屋子里。

傅　　德　他要搜查你，结果没有把你搜出来吗？

福斯塔夫　听我说下去你就知道了。总算运气还好，有一位裴琪家的娘子，赶来通风报信，说是傅德就在门口儿，而且还是她出了个主意——那时候傅德的女人早已吓昏了；她们就把我装进了一只洗衣裳用的篓子里。

傅　　德　一只洗衣裳用的篓子！

福斯塔夫　我的天，是一只洗衣裳用的篓子！硬是把我塞了进去——跟脏衬衫、脏衬衣，脏短袜、脏长袜，油腻腻的抹嘴布一股脑儿地都塞进去；唉，白罗克大爷，可怜，有谁的鼻子开了两个鼻孔儿，受到那么多最叫人恶心的臭味儿一齐围攻的？

傅　　德　你在那篓子里熬了多少时候呢？

福斯塔夫　不用你问，听我说下去就知道了，白罗克大爷；为了勾引这个女人下地狱，好把你往天堂里送，我吃了多大的苦头啊！我给那两个娘儿硬是塞进了篓子以后，傅德家的一对奴才坯子——两个听差的，就给女主人叫了进来，把我当做一篓脏衣裳，扛到达契巷；他们刚把我抬上肩头，正往门口儿走，就碰见了那个醋劲儿大发的奴才——他们的东家；他就盘问了，盘问了他们一两遍，篓子里装的是什么东西。我躲在里面吓得直发抖，只怕那个发了疯病的奴才真会动手搜起来；总算还好，他命中注定该做个大王八，结果倒没有搜。好吧，他那里进屋子去捉拿奸夫了，我这里冒充着脏衣裳混出去了。

可是，您好好听着，还有下文呢，白罗克大爷。我前前后后死了三次——好苦哪！第一次，撞在那个犯醋劲儿的、带了狐群狗党的臭王八羔子手里，这一吓吓得死去活来；第二次，把我硬塞进篓子里，这么蜷缩成一团，倒像一把西班牙青锋宝剑，只见箍儿似的弯成一圈，剑尖碰到了剑柄，[①] 我也是脚后跟碰到了头顶心；这还不算，就像焖烂熟鸭子先把锅盖儿紧紧盖住似的，她们尽拿那些油腻得发了馊的臭衣裳，把我压得密不通风；你想想吧——像我这么个发福的身子——你想想吧——就像奶油一样受不得热，我平时一动不动，都老在担心自己快

① 西班牙比尔波（Bilbao）地方所产名剑，以柔韧著称，剑刃可以弯转过来，使剑尖碰到剑柄。

要熔化呢；这一回倒居然没有把我闷死在里面，真是个奇迹哪！

到末了，我闷紧在这蒸笼里，给汗水和油水蒸个半熟，快成了一盘热气腾腾的荷兰名菜啦；[①] 就在那会儿，我又给人家一扔扔进了泰晤士河里；你想想吧，我简直是铁匠店里一块烧得通红通红的马蹄铁，一下子给扔进冷水里，连河水都嗞嗞地直叫起来呢——你想想吧，白罗克大爷！

傅　　德　说地道的正经话，老爷，你为了我吃那么些苦头，真叫我过意不去。看来我的追求只是痴心妄想了。你再也不去跟她勾搭了吧？

福斯塔夫　白罗克大爷，他们把我扔进了泰晤士河；就是再把我往火山口里扔，我也不能就此罢休，把她放走的。她的男人今天一早打鸟去了，她又派人来过，要我去跟她幽会，时间约在八点到九点，白罗克大爷。

傅　　德　八点已经过了，老爷。

福斯塔夫　已经过了吗？那么我得准备着赴那个娘儿的约会去了。你什么时候方便再来吧，也好让你得知我这一回顺手不顺手。要说到收场结果，那就是水到渠成——那个娘儿少不得要让你受用。再会吧。管叫她落进你手里，白罗克大爷。白罗克大爷，你一定可以让傅德做个大王八。

---

① 日耳曼人喜欢吃油腻的东西。（“新莎士比亚版”）

［下］

傅　　德　哼！嘿！当真有这回事吗？这是在做梦吗？我是睡熟了吗？傅德大爷，快醒醒吧！醒来，傅德大爷！你最漂亮的外衣上有一个蛀洞啦！傅德大爷！这就是讨老婆的下场！这就是家里放着衣裳、放着洗衣裳篓子的好处！好吧，我倒要叫他们睁开眼睛瞧瞧我是什么人。我这就去捉拿那个奸夫！——他在我的家里；他逃不出我的手心。他休想逃得了。他就是爬进了那放小钱的小荷包里也没用，哪怕爬进了胡椒瓶也不行；我只怕那个引着他往邪路上走的魔鬼会帮着他躲起来，这一回我可要把那意想不到的旮旯儿里都搜查到了。看来，我少不得要把这顶绿帽子戴上了——可是我不爱戴，却偏叫我戴，并不能叫我服服帖帖把帽子顶在头上呀。要是我头上果真长出了一对角，那么有一句俗话可对我用得着了——头上出了角，像疯了的蛮牛，横冲又直撞。

［下］

第四幕

第一景　街上

［裴琪大娘携儿子威廉，与桂嫂谈话上］

裴琪大娘　照你看，这会儿他可是已经来到傅德大爷的家里了？

桂　　嫂　这会儿他准去了——还没到也快到了。可是，跟你说实话，昨天他让人扔进了河里，今天还在大光其火，气得七窍生烟呢。傅德大娘希望你马上就过去。

裴琪大娘　我等会儿就去她那儿，让我先把这个小家伙送到了学堂。瞧，他的老师倒来啦；原来今天放假呢。

［休牧师上］

怎么说，休牧师！今天不开课吗？

牧　　师　不开课；史兰德少爷放孩子们玩儿一天。①

桂　　嫂　多好的良心，上帝保佑他吧！

裴琪大娘　休牧师，我那当家的说，这孩子一点儿不长进，说什么也念不进书。我请你当场出几个拉丁文法题目考考他吧。

牧　　师　（对躲在母亲身后的孩子）走过来，威廉。把头儿抬起来；来吧。

裴琪大娘　喂，走过去呀；把头抬起来；回答老师的问题，别害怕。

牧　　师　威廉，名词有几个“数”？

威　　廉　两个②。

---

① 史兰德当是这个学校的校董。（“亚顿版”）

② 即“单数”与“复数”。

桂　　嫂　说正经话，我看还得添上一个数，不是老听得人家说："算数！"

牧　　师　少啰唆！什么叫"美"，威廉？

威　　廉　"标致"。

桂　　嫂　婊子！比"婊子"更美的东西有的是呢，我敢说。

牧　　师　哪儿来的这种糊涂女人！请你闭上嘴，好不好？——"lapis"这个字怎么解释，威廉？

威　　廉　石子。

牧　　师　"石子"这个字又怎么解释呢，威廉？

威　　廉　石头。

牧　　师　不，是"lapis"；请你给我把这个记在脑子里。

威　　廉　Lapis。

牧　　师　真是个乖威廉。威廉，再问你，"冠词"是从什么地方"借"来的？

威　　廉　"冠词"是从"代名词"借来的，具有这样几种变格——"单数""主格"是：hic，hæc，hoc。

牧　　师　"主格"：hig，hag，hog；请你听好："所有格"——hujus。好吧，"对格"你又怎么说？

威　　廉　"对格"——hinc。

牧　　师　请你给我记牢了，孩子；"对格"——hung，hang，hog[①]。

---

① 应为：hunc（阳性），hanc（阴性）hoc（中性）。牧师是爱尔兰人，发音重浊，把字尾的"c"念成了"g"。

桂　　嫂　“hang hog”就是拉丁文中的“火腿”，[①] 我跟你说吧，还错不了。

牧　　师　少给我唠叨吧，你这女人——“称呼格”呢，威廉？

威　　廉　哎哟——“称呼格”，哎哟——

牧　　师　记住，威廉，“称呼格”曰“无”。[②]

桂　　嫂　“胡”萝卜的根子才好吃哪。

牧　　师　少开口，你这女人。

裴琪大娘　（向桂嫂）别闹了。

牧　　师　“所有格”“复数”——你怎么说，威廉？

威　　廉　“所有格”！

牧　　师　对。

威　　廉　“所有格”——horum，harum，horum。

桂　　嫂　去他妈的——“苏苏”有个“哥哥”！好个不要脸的东西！提都不要提起她，孩子，她无非是个婊子罢了。[③]

牧　　师　别不害臊，女人！

桂　　嫂　你教孩子念来念去念这么一些字眼儿可太邪门儿了——他教孩子念“喝”呀、“喝”呀，他们没有

① 火腿要挂起来风干；“hang hog”在英语中听来，像在说“挂猪肉”，桂嫂因此以讹传讹，猜想是“拉丁文中的‘火腿’”。

② 拉丁文指示代名词共有五格，而缺“称呼格”。牧师在这里用了个拉丁文“caret”（无），听来与英语中的“carrot”（胡萝卜）近似，因此又引起了桂嫂一番插话。

③ 这一段插科打诨应是影射当时的社会新闻，现已无可查考。

人教，一眨巴眼，也就要学会喝酒了。——还要念什么“哄人”呀、“害人”呀；亏你说得出口！

牧　　师　女人，你可是个疯婆娘？你就一点儿不懂得你的“格”，你的“数”，你的“性”吗？我说你这个蠢女人，要有多蠢就有多蠢！

裴琪大娘　（向桂嫂）请你免开尊口吧。

牧　　师　威廉，把你书本儿上“代名词”的几种变格说给我听。

威　　廉　真的，我忘了。

牧　　师　那是：qui，quæ，quod。要是你把你的 qui 忘了，quæ 忘了，quod 忘了，小心你的屁股儿。去玩儿吧；去吧。

裴琪大娘　我怕他不肯用功念书，他倒还算好。

牧　　师　他记性好，一下子就记得了。再会吧，裴琪大娘。

裴琪大娘　再会吧，好牧师。

［休牧师下］

回家去吧，孩子。来，我们在路上耽搁了。

［同下］

第二景　傅德家中

［福斯塔夫与傅德大娘携手谈话上］

福斯塔夫 傅德娘子，你心里的那份儿难过把我吃过的那份儿苦头，统统都给吞下去了。我看你是一心一意都在我身上；那我说，我也要回报你，一丝丝、一忽忽也不短少你的；傅德娘子，两个儿不仅你恩我爱一番算了，而且根据爱情的那一套规矩、礼数，该怎样献殷勤，怎样讨俏凑趣，我都不会少你的。可是这一回你拿准你男人出去了？

傅德大娘 他打鸟去了，好约翰老爷。

［门外传来裴琪大娘的喊声：
“喂，嗨！大嫂子！喂，嗨！”］

傅德大娘 到内室里去躲一下，约翰老爷。

（福斯塔夫入内）

［裴琪大娘上］

裴琪大娘 嘿，嗳，好人儿！家里除了你还有哪一个？

傅德大娘 怎么，还有哪一个，都是我家里的人呀。

裴琪大娘 当真！

傅德大娘 可不，还有假的。（悄声）说得再大声些。

裴琪大娘 （大声）说实话，你家里果真没有人，我就大大放心了。

傅德大娘 为什么？

裴琪大娘 为什么，我的奶奶，你那当家的老毛病又犯啦。他火冒三丈，揪住了我那当家的，在那儿不分皂白，大骂天下娶老婆的男人；凡是夏娃的女儿，不分黑皮肤、白皮肤，一个个都给他咒过来了；他攥紧拳头，只管往自个儿额头上敲，嚷道："快给我把绿帽子戴上了吧，快给我把绿帽子戴上了吧！"疯子我倒是也看见几个，可随便哪个疯子跟他眼前这股疯劲儿一比呀，都好算得又温和又安分又文静了。总算还好，那个胖骑士不在这里。

傅德大娘 怎么，他又提起约翰老爷来了吗？

裴琪大娘 提的不是别人，正是他；还赌咒发誓说，上次他赶回去捉奸的时候，他就躲在篓子里，让人把他扛出去。你那当家的在我那当家的面前还口口声声说，他这会儿正在这儿。大伙儿本来都在打鸟，却都给他拖了就走——连我那当家的也在内——说是去瞧瞧他这一回犯疑心犯得准不准。不过总算还好，那位胖骑士不在这儿；让他自个儿去瞧瞧吧，他这疑心病犯得蠢不蠢。

傅德大娘 他离开这儿还有多少路，裴琪嫂子？

裴琪大娘 没有几步路了——就在街道的拐角儿上——眼看就到了。

傅德大娘 我这回完了！——那位骑士在我这儿呢。

裴琪大娘 哎哟，那么你再也别想做人啦，他再也别想活命啦。真有你这样的女人！快放他走，快放他走！丢脸就丢脸吧，人命究竟是人命呀！

傅德大娘 叫他往哪条路上逃命呢？我怎么打发他呢？我再把他装在篓子里好吗？

（福斯塔夫自内室冲出）

福斯塔夫 不行，我再也不钻进那个篓子里去了。趁他还没来，好不好让我先溜了吧。

裴琪大娘 哎哟！傅德大爷的三个兄弟把守门口，一人手里拿一支火枪，休想有哪一个走得出去，否则你倒是可以趁他没来先溜出去的。可是你干吗又到这里来呀？

福斯塔夫 叫我怎么好呢？——还是让我钻到烟囱里面去吧。

傅德大娘 他们打鸟回来，总是把剩下的弹药往烟囱里放的。

裴琪大娘 钻到灶洞里去吧。

福斯塔夫 灶洞在哪儿？

傅德大娘 听我说，他会到那儿去搜寻的。什么衣橱啊，钱箱啊，柜子啊，箱子啊，井啊，地窖啊，凡是想得到的地方，他一处处都在笔记簿上记下来啦，他只消按照着他的本子搜查过去，一处也不会漏掉。这个宅子里是没有你藏身的地方了。

福斯塔夫 那么我还是冲出去吧。

裴琪大娘 就凭你这本来面目冲出去，那就是去送死，约翰老爷。要出去，除非乔装改扮——

傅德大娘　我们怎么样把他乔装改扮呢?

裴琪大娘　哎呀，苦哪！我没有了主意！——女人穿的袍子叫他怎么能穿得下呢；否则的话，再替他头上戴一顶软帽，脖子上披一块围巾，再蒙上一块头巾，他也就可以逃命了。

福斯塔夫　两块心肝肉儿，快给我想个办法吧——我狗洞也钻得，只要让我别吃这眼前亏!

傅德大娘　我家的女仆有个姑妈——就是那个住在勃兰福[①]的胖婆娘——她倒有一件袍子在楼上。

裴琪大娘　听我说，这件袍子可以将就着让他穿上去，她那个身材就跟他一模样儿大。她那顶粗布帽子、她那条围巾也留在这儿呢。快奔上去吧，约翰老爷!

傅德大娘　快上去吧，快上去吧，我的好约翰老爷！裴琪嫂子和我再找找有没有什么麻布巾儿给你包头。

裴琪大娘　快，快！我们马上就来打扮你。你先去把那件袍子穿起来。

［福斯塔夫上楼］

傅德大娘　我巴不得他这么一打扮之后就撞在我那当家的手里——他最恨这个勃兰福老婆子了，一口咬定她是个女巫，不许她踏进我家的门，而且还扬言说，一看见她就要揍她一顿。

---

① 勃兰福（Brentford），泰晤士河沿岸一市镇，在温莎以东十二英里；在莎士比亚当时，当地曾有一开设酒店的妇女，被盛传为“勃兰福的女巫”。（“耶鲁版”）

裴琪大娘 但愿老天爷送他去跟你家男人的棍子见面！但愿魔鬼帮你的男人挥动他手里的棍子！

傅德大娘 可是我那当家的马上就到了吗？

裴琪大娘 嗳，他三步并作两步的在赶来呢；他还提到那个篓子来着，也不知道怎么，看来他倒是消息很灵通呢。

傅德大娘 我们试他一试。我仍旧像上次那样，叫我的仆人把篓子扛出去，又在门口碰见了他，看他怎么样。

裴琪大娘 不行，眼看他就要来到了；我们还是快上楼去把他装扮成那个勃兰福的女巫吧。

傅德大娘 我先去关照我的仆人把那个篓子怎么办。你上去吧；我随后就把给他包头的布拿来。

［入内］

裴琪大娘 活得不耐烦的老色鬼！不叫他多吃些苦头出不了我们这口气！

我们这就要让大家瞧个明白，
娘儿们爱闹着玩儿，可照样清白。
寻欢作乐的我们守本分；
老话说：吃泔水的猪不做声。①

（上楼）

---

① 这里用两种类型的妇女作对比：干伤风败俗的事的女人表面上不声不响；而爱闹着玩的却是很正派的女人。

［傅德大娘带二仆人从后屋上］

傅德大娘 快些儿，劳驾两位，再把那篓衣裳扛着往外走。你们的东家快要进门了。要是他喝住你们说把篓子放下，你们就把它放下来。快些儿，扛着就走吧。

（持包头巾上楼）

仆 人 甲 来，来，把它扛起来。

仆 人 乙 上天保佑，这一回可别满满的装了一篓子骑士才好啊。

仆 人 甲 但愿别那么着，我宁可扛一篓子铅倒还轻松些。

（二人扛篓子向大门走去）

［傅德，裴琪，夏禄，凯乌斯大夫，及休牧师上］

傅 德 说得对，可要是当真闹出这样的事来呢，裴琪大爷，那时候你可有办法替我洗刷掉“蠢男人”这个好名声吗？——给我把篓子放下，奴才！有人来探望过我的老婆了。“一个小白脸，躲在篓子中！”① ——噢，你们这两个不干好事的奴才！你们串通成一党、一窝、一伙儿来阴损我！现在可少不得要来它个水落石出，叫那个魔鬼当场出丑啦！——喂，我的老婆，我在叫你哪！——来呀，给我出来！

---

① 当时的成语，意谓“幸运的情人”。（“亚顿版”）

瞧瞧你送出去漂洗的倒是些什么样正经的衣裳！

裴　琪　呃，这可太不像话了，傅德大爷！你再这样任性胡闹，我们只好把你当做疯人用镣铐铐起来啦。

牧　师　哎哟，这可不是疯了吗！就像一条疯狗那样地疯啦！

夏　禄　真个的，傅德大爷，这可说不过去，真个的。

傅　德　我也是这么说呀，太爷，——

［傅德大娘满脸春风上］

你过来，我的傅德娘子！说起这位傅德家的娘子，真是个又规矩、又正经、又守妇道的女人，只可惜嫁了个爱吃酸醋的傻瓜！①好娘子，我这是没有名堂的在瞎吃醋吗，可是不是？

傅德大娘　老天爷给我作证，如果你疑心我有什么不清不白的，那你可真正是太会瞎吃醋了。

傅　德　说得真好，不要脸的东西！装腔装得再像些吧。（向衣篓子）喂，给我滚出来吧！

（把篓子里衣服一件件扔出来）

裴　琪　这太说不过去了！

傅德大娘　你不害臊吗？那些衣裳可没有招惹你呀！

傅　德　我马上就要揭你的底了。

---

① “新莎士比亚版”加舞台指示：“傅德大娘和他正面相对。”

牧　　师　岂有此理！你不把你妻子的衣裳捡起来吗？来吧！

傅　　德　把篓子里的东西统统扔出来，我说！

傅德大娘　干吗呀，你这人，干吗呀？

傅　　德　裴琪大爷，我是个男人，说一句算一句，昨天有一个人就藏在这个篓子里从我的家里扛出去；谁知道他今天不会再藏在这里面呢？我有十分的把握，他是在我的家里。我得到的信息是可靠的；我的疑心是有道理的。给我把这些衣裳都抖出来！

傅德大娘　要是你在这里面找得出一个男人来，你就当他是个跳虱，把他掐死好啦。

裴　　琪　篓子里可没有人呀。①

夏　　禄　让我说句良心话，这可不像个样子，傅德大爷，快给自己留些儿体面吧。

牧　　师　傅德大爷，你可得祷告啊，别听从你自个儿心里的胡思乱想吧。你这是犯醋劲儿啊。

傅　　德　（不服气地）哼，我要搜他，他倒不在这儿了。

裴　　琪　他哪儿都不在，只是在你自个儿的头脑里罢了。

［二仆人扛篓子下］

傅　　德　我要搜查我的家，大家再帮我这一次忙。要是结果我搜不出那个人来，那么我从此再没有什么好说的，听凭你们大骂我荒唐，我就永远做你们席面上的笑料儿好了；让大家这么说吧："瞧你那么大的醋劲

---

① "新莎士比亚版"加舞台指示："他把空篓子翻倒过来。"

儿，简直跟傅德一个样——这个家伙会钻到胡桃壳里去搜寻他老婆的情夫呢。” 这一回你们就依我的，再帮着我上下搜一搜吧。

傅德大娘 （在楼梯口向楼上呼喊）喂，裴琪大娘！你陪着那个老婆子快下楼来吧，我那男人要到卧房里来啦。

傅　　德 老婆子！哪儿来的老婆子？

傅德大娘 嗳，就是我家女仆的那个姑妈呀——住在勃兰福的那个老婆子。

傅　　德 一个女巫，一个臭婆娘，一个骗钱的臭老婆子！我不是早就不许她踏进我的门吗？她没有事儿是不来的，是不是？我们都是普普通通的人，不懂得算命这行当搞的什么玩意儿。这些女巫，画符念咒语，搬出天干地支这一套鬼把戏；我们可不懂这一套，也不吃这一套。滚下来吧，你这个女巫！你这个丑妖婆，你！——滚下来吧，我说！

傅德大娘 别这样，好丈夫，亲丈夫！——各位好大爷，别让他打这老婆子吧。①

［裴琪大娘下楼，后随穿女装的福斯塔夫］②

---

① 不妨想像，她这么说时，随即从壁角里拿起一根早就准备着的棍子，惟恐被人夺去似的紧握在手里——对于准备动手打人的傅德，这棍子来得正好。

② “新莎士比亚版”舞台指示作：“福斯塔夫穿着女人的衣服下楼来，裴琪大娘拉着他的手。走到楼梯脚，他畏缩不前。”

裴琪大娘 来吧，泼拉婆婆；来吧，搀着我的手。

傅　　德 我要热“辣辣”地请她吃几下子。——（举棍打他，边打边嚷）滚出门外去，你这个女巫，你这个丑妖婆，你这个淫妇，你这只臭猫，你这个满身疥癣的臭婆娘！滚！滚！我要请你见神见鬼去呢，我要给你算个命呢！

［打他。福斯塔夫东逃西躲下］

裴琪大娘 你不害臊吗？我怕这个怪可怜的女人要给你打死了。

傅德大娘 可不，打死了人他才高兴呢。（向傅德）这下子你脸上真有光彩呀。

傅　　德 该死的妖妇！

牧　　师 不管怎么说，反正我认为这个女人是一个女巫。我可不喜欢长着老大一把胡子的女人，[①] 方才我就一眼看见她的围巾底下露出好大一把胡子呢。

傅　　德 各位跟我来，好不好？我这里请求大家跟我来吧；看看我吃醋吃得究竟有没有名堂吧。要是我这么嚷嚷了半天，结果却是一场空，那么以后我再喊闹起来，你们再也别理睬我就是了。

裴　　琪 我们暂且再依他这一回吧。来吧，大爷们。

［除二大娘外，皆下］

裴琪大娘 你相信我好了，他把那个大胖子这一顿打得好不可怜。

傅德大娘 不，我说，不是这么回事。他毫不可怜地给了那个大胖子一顿好打。

裴琪大娘 从此我可要把那根棍子供奉起来，挂在神圣的祭坛上。它今天可立了个大功劳呢。

傅德大娘 你说这样可好？——只要我们拿得稳能守住自己的妇道，也对得住自己的清白良心，我们索性再捉弄他一番，有何不可呢？——也好消消我们的心头之恨。

裴琪大娘 这个老色鬼，准是把色胆都吓破了。除非他已经给

---

① 传说女巫的一个特征是脸上长着胡须。参阅《麦克贝斯》中对三女巫的形容（1，3，46）：

你们是女人吧？可是
你们的胡须却不容我这么想！

魔鬼签名盖章、写下了永无反悔的卖身文契，我看他再也不敢把咱们当做好随便采摘的野草闲花来欺侮咱们了。

傅德大娘 我们要不要去跟我们当家的说穿了？——也好让那两个知道，原来我和你是怎样打发他的。

裴琪大娘 很好，说得有理；即使只是让你那当家的把头脑清醒清醒也是好的。只要他们认为，这个没廉耻的胖骑士还得叫他多吃些苦头才好，那么这回事还得由我们俩一手包办。

傅德大娘 你尽管放心，他们是一定要让他当众出丑一番的——我看也只有让他当众出丑一番，咱们闹的玩笑才收得了场。

裴琪大娘 来，与其另起炉灶，不如打铁趁热吧。

［同下］

第三景　“吊袜带”客店

［店主及巴道夫上］

巴道夫 老板，那几个日耳曼客人说，要把你的三匹马儿牵去骑一骑。公爵明天进宫，他们要前去迎接公爵的大驾。

店　　主 是哪一位公爵这么悄无声息地就来了？我可不曾听见宫廷里谈起他呢。让我跟这几位要借马儿的大爷谈一谈——他们会说英国话吗？

巴 道 夫 能说的，老板；我去请他们来。

店　　主 他们要借马儿也可以，可是得叫他们拿出钱来。跟他们可客气不得啦；我的房间已经让他们住了一星期。为了他们，我把别的主顾儿都回绝了。有账就得算账，跟他们客气不得啦，来吧。

［同下］

第 四 景　　傅德家中

［裴琪，傅德，裴琪大娘，傅德大娘，及休牧师上］

牧　　师 女人家有这么好的好见识，我可是少见哪！

裴　　琪 他给你们两个一人写一封信，而且是一下子同时送出的吗？

裴琪大娘 不出一刻钟，一人收到一封信。

傅　　德 （下跪请罪）

原谅我，好娘子。从此我一切听凭你了。

哪怕我疑心太阳会消失了热气，

也疑心不到你会把贞操失掉。

你的美德感化了我这个异教徒，
叫向来不识好歹的，如今成了
你忠诚不变的信徒。

裴　琪　好啦，别说了吧！
真要不得——一忽儿爬在人家头上，
作威作福，一忽儿又低头伏小！
咱们还是来商量一条妙计吧。
大家想看一场好戏；你我的老婆
不妨再跟那胖老头儿订个约会，
让他自投罗网，我们把他捉住了，
也好当场羞辱他一番。

傅　德　她们刚才想出的那个主意妙极了。

裴　琪　怎么？约他在深更半夜，到林苑里去跟她们会面吗？算了吧，算了吧！说什么他也不肯来的。

牧　师　你们说，他先是给人扔进了河里，接着又给人当做一个老婆子痛打了一顿；我看他早该吓破了胆子，这回再也不敢来啦。我看他的皮肉已经吃够了苦头，他的邪火再也不敢抬头了。

裴　琪　我也是这么想呢。

傅德大娘　只要你们想好，他来了把他怎么办，
我们自有办法叫他乖乖儿地来。

裴琪大娘　向来有这么个传说，猎夫赫恩——
有时候他也做温莎林子的看守人，
常在冬天的半夜里鬼魂出现，

只管绕着一株橡树，团团打转；
他头上长着一对粗大的鹿角，
手里摇着根铁链，发出一串
阴森可怕的当啷声；他来过之后，
树木就枯落，牛羊马儿就得病，
乳牛的奶水变成了血。你们都听到
这个鬼魂的传说，也都很知道
那些迷信的老年人，不用脑筋，
把他们听来的猎夫赫恩的故事
活龙活现地讲给我们这一代听。

裴　　琪　可不，有不少人就不敢在深更半夜
打这株“赫恩的橡树”经过。可是，
为什么提这个呢？

傅德大娘　　　　这就是我们的妙计啊。
我们要跟福斯塔夫约下了幽会，
叫他头上插着一对大鹿角，
扮做赫恩，去到橡树边等我们。

裴　　琪　好吧，也不必争论，就算他来了，
还依着你们，打扮成这个模样；
那时候你们又把他怎样发落呢？
你们又计从何来呢？

裴琪大娘　这个我们也已经想好了。是这样的：
我们叫我女儿妮妮，我的小儿子，
三四个跟他们差不多年龄的孩子，

扮做一群小仙子、小精灵、小鬼头，
身穿绿的、白的衣裳，头上顶着
一圈蜡烛，手里拿一面响鼓
预先埋伏在那儿。但等福斯塔夫
刚来到橡树下跟她和跟我相会，
他们就从土坑里一齐冲出来
大呼小喊地口唱着种种歌儿；
我们俩一看到这光景，假装吓坏了，
回头就逃，抛下他给团团围住了，
小仙子使出小手段，把福斯塔夫
这脏骑士，你捏一把、我拧一下，
责问他怎敢在仙人游乐的时辰，
扮成了一副妖形怪状，竟闯进
这神圣的地方。

傅德大娘　　这些假扮的小精灵
要把他拧个够，还用蜡烛去烧他；
他不吐真话决不轻易饶过他。

裴琪大娘　他一吐出真情，我们就一齐出现，
拔下这“鬼魂儿”头上的角，用嘲笑
把他一路赶回温莎的客店。

傅　德　孩子们可得先用心练习一番，
否则只怕临时坏了事。

牧　师　我可以指点孩子们该怎样行动；我自己也要扮一个
猴儿精，拿着蜡烛去烧这位骑士。

傅　　德 那就太好了。孩子们的脸罩我去买。

裴琪大娘 我那妮妮做众精灵的仙后，
穿着一身好看的白袍子。

裴　　琪 白缎子我去买。
（自语）到了那个时候，
史兰德少爷就可以把妮妮偷了走，
领她到伊登去结婚。
（向裴琪大娘）马上派个人
去跟福斯塔夫约好吧。

傅　　德 不，我要找他去，
仍旧顶着白罗克的名字；他会把
一肚子打算全对我说。他准会来的。

裴琪大娘 你不用担心。我们那些个小仙子
要用的道具、饰物，你们快去准备吧。

牧　　师 我们着手准备去吧。这一场寻欢作乐是无可非议的；
这是没坏心眼儿的恶作剧。

［裴琪，傅德，牧师下］

裴琪大娘 去吧，大嫂子，你叫桂嫂再去
走一遭，探一下福斯塔夫的口气。

［傅德大娘下］

我要找我那大夫去，我看中的就是他；
除了他，谁也别想娶我家的妮妮。
那个史兰德，虽说他有田有地，
可是个大傻瓜；我那当家的还偏偏

最喜欢他。我这个大夫可有钱呢，
他那些朋友又都是宫廷里的红人儿。
我只许把妮妮嫁给他，别人都不行——
哪怕有两万个身价更高的来求婚。

［下］

第五景 “吊袜带”客店

［店主，辛仆儿上］

店　　主 你干什么来呀，乡下佬？什么呀，粗手粗脚的家伙？有话就给我说出来、吐出来、拉出来吧——三言两语、干干脆脆、痛痛快快、劈里啪啦！

辛 仆 儿 呃，老板，我是史兰德少爷差我来的，找约翰老爷说句话。

店　　主 往那儿走就是他的房间、他的门户、他的城堡，他的四柱大床、他的装脚轮的矮榻。①你看见门上新画着浪子回家的故事，② 那就是了。你就在外面敲

---

① 当时卧室内常放两种床，主人睡四柱大床，仆人睡装脚轮的矮榻。（赫生）白天矮床藏在大床底下。（贝文顿）

② 当时客店房间不编号码，可能即以门上的图画识别。

门叫门；他自会像一个“安斯罗波法杰人”① 似的跟你说话儿——去敲他的门吧，我说。

辛仆儿 刚才有一个老婆子，一个胖老婆子，上楼走进他的房间去了；请容许我放肆，在这儿守着她下来吧，老板。说真的，我来是有话要跟她说。

店　主 哈！一个胖婆娘！说不定是来偷骑士的东西的呢；我这就喊叫起来。呱呱叫的骑士！呱呱叫的约翰老爷！用你军人的那条嗓子来回答我吧——你在不在房间里呀？我是店主东呀，是你的老搭档在叫你哪！

[楼上传来福斯塔夫的喊声：
“有什么事儿，店主东？”]

店　主 这儿来了一个东方的小蛮子，在守着你那个胖婆娘下来呢。快让她下楼来吧，大好佬，快让她下楼来吧。我的房间是干干净净的——呸！房门关得紧紧的？呸！

[福斯塔夫自楼上下来]

福斯塔夫 刚才倒是有一个胖老婆子在我这儿，店主东，可是

① 原文“Anthropophaginian”，出自希腊文，意谓“食人者”。店主欺辛仆儿是个“乡下佬”，故意说这么个怪词儿，让他目瞪口呆。

她已经走了。

辛 仆 儿 请问老爷，她不就是勃兰福的那个算命女人吗？

福斯塔夫 呃，妈的，算你说对了，小贝壳儿；你打听她干吗？

辛 仆 儿 我那个东家史兰德少爷，老爷，看见她打街上走过，所以派我来问问她，老爷，为的是他有一根金链子给一个叫尼姆的骗去了，不知道那根金链子是不是落在他手里。

福斯塔夫 我已经跟那个老婆子谈起过这回事儿了。

辛 仆 儿 她怎么说呢，请问老爷？

福斯塔夫 妈的，她说呀：偷史兰德少爷的金链子的人，也就是那个把金链子从他身边扒了去的人。

辛 仆 儿 我很希望我能当面跟她谈几句——少爷还有话要我问问她呢。

福斯塔夫 要问她什么话呢？说出来大家听听吧。

店 主 对了，快说吧——来吧。

辛 仆 儿 可是我家少爷不许我“守口如瓶”呀，老爷。

店 主 偏要你“守口如瓶”，要不然，当心你这条命。

辛 仆 儿 呃，老爷，也并不是什么大不了的事儿，无非问一个人罢了——裴琪家的大小姐。我家少爷想要问问，他命中能不能娶她为妻？

福斯塔夫 这就是了，这就得看他命中如何了。

辛 仆 儿 怎么说，老爷？

福斯塔夫 命中能娶，就能娶，不能，就不能了。去吧，告诉你东家：“那个老婆子就是这么对我说的。”

辛仆儿 这话我说得说不得，老爷？

福斯塔夫 呃，我的乡下佬，怕什么，只管说好了。

辛仆儿 多谢老爷。我家少爷听我这么一说，知道原来是这么回事，一定会大为高兴的。

［下］

店主 你真是个老百晓，你真是个老百晓，约翰老爷。是有一个算命女人在你的房间里吗？

福斯塔夫 呃，让你说对了，我的店主东。是有这么一个女人，她开了我的窍、长了我的智慧，我一辈子也不曾学到那么多东西呢；而且还不用我交一个钱学费，反而人家付钱给我呢。

［巴道夫上］

巴道夫 哎哟，完了，老板！骗局，道道地地的骗局！

店主 我那几匹马儿在哪儿？好好儿对我说，你这奴才。

巴道夫 给那几个骗子骑着逃跑了。我一路跟着他们，过了伊登，不料其中有一个家伙，趁机从后面把我猛地推下马来，让我一跤摔在泥塘里；他们三个，策马加鞭，像三个日耳曼魔鬼——像三个浮士德博士似的，① 就此飞也似的奔走啦。

---

① 浮士德博士，德国十六世纪民间文学中的人物，通晓天文地理，把肉体和灵魂卖给魔鬼，以满足自己的一切愿望。马娄著有《浮士德的悲剧》（1593），其中有一马贩子哭着说：“我一骑到池塘里，我的马儿就此不见了。”（全剧第1180行）

店　　主　他们无非奔去迎接公爵罢了，奴才。别说他们逃走了；日耳曼人都是规规矩矩的好人。

［休牧师上］

牧　　师　店主东在哪儿？

店　　主　有什么事儿吗，牧师？

牧　　师　你款待来往客人可要多留意些哪。我有一个朋友到城里来，他告诉我，有三个日耳曼骗子，把里亭、美登海、考溪几家客店的老板的马儿啊，钱啊，都给骗了去。我是好意来通知你一声。你当心些儿吧，你本是个聪明人，平时就爱嘲弄人、取笑人，结果落得自己被人骗了，那才糟呢。再会吧。

［下］

［凯乌斯大夫上］

大　　夫　我那"吊霉带"的店主东在哪儿？

店　　主　在这儿，大夫先生，正在这儿心慌意乱，不知如何是好呢！

大　　夫　我说不出个什么名堂；不过有人告诉我，你费了大劲正在张罗着招待一位日耳曼的公爵，可是我跟你说老四话①吧，宫廷里谁都没听说有什么公爵要到

① 老四话，应为"老实话"。下文"好奇"应为"好意"。

来。我把这个告诉你也是我的一片好奇。再见吧。

［下］

店　主 还不“捉贼！”“捉贼！”连声喊将起来，奴才！快去呀！——帮帮我的忙吧，骑士！——这回我可完啦！——快冲出去，快跑呀，快一路的喊“捉贼”，奴才！——这回我可完啦！

［店主奔下，巴道夫随下］

福斯塔夫 我恨不得这世上的人个个都上当受骗才好呢，因为我自个儿受了骗上了当，外加挨了一顿棍子。要是这档子事儿传到宫廷中那班老爷的耳朵里：原来我还会变呢——变一篓脏衣裳、变一个丑老婆子，让人家水里泡、棍子打，那他们可真得把我这一身肥肉熬成一滴一滴油脂，去擦渔夫的靴子呢。我准保他们会横一句竖一句地，用那许多俏皮话把我挖苦得好比一只干瘪梨儿那样垂头丧气。自从上一回我赌纸牌输了钱来个不认账之后，我就一直没交上过好运。也罢，只要我一口气能念它一大通祷告，[①]我倒不是不肯忏悔的。

［桂嫂上］

喂，这一回又是谁叫你来的？

---

① 当时祷告和讲道都极其冗长，所以福斯塔夫有此反语。

桂　　嫂　是那两位叫我来的呀，没错的。

福斯塔夫　魔鬼来把这一位抓去，另一位让魔鬼的老娘把她拖了走吧！这两位我都不想领教了。就为了她们两个，我吃了多大的苦头！男人本来都是些朝三暮四的狗东西，叫他们哪一个受得了这么大的罪？

桂　　嫂　难道你以为那两位就没有受罪吗？那就想错了，我跟你说吧。她们两位中有一位说来就更惨了。那傅德大娘，可怜哪，给她的男人浑身上下打得青一块紫一块的，连一块雪白的好肉都找不出来呢。

福斯塔夫　还跟我说什么青一块紫一块！我自个儿身上也给打成了五颜六色，像彩虹般鲜艳呢；差些儿我给人家当做勃兰福的女巫抓了去呢。幸亏我灵机一动，弯腰曲背的装扮做一个老婆子，总算逃过了难关；要不然，我早就给那些狗才巡官把我抓去，给上了脚枷——专治那班低三下四的人的脚枷——当做女巫办了。

桂　　嫂　老爷，容我到屋子里去跟你说几句话，你就会明白，原来是这么一回事儿，那时候管叫你就此消了气。我这儿捎来了一封信，很有几句动听的话呢。（拿出信来）我的心肝肉儿啊，要把你们拉拢在一起可真得流几身汗呢！我说，你们之中准是有一位开罪了老天爷，这才弄得这样横不对、竖不顺的。

福斯塔夫　那你就上楼到我的屋子里来吧。

［二人上楼］

第六景　“吊袜带”客店

［范顿及店主上］

店　主　范顿少爷，你也别找我说话了，我越想越气；连这个店也不要了，有什么是舍不得的！

范　顿　可是听我说，有件事要你帮个忙；
凭我这么个绅士，我答应送你
一百金镑——抵你的损失足足有余吧。

店　主　那就请说吧，范顿少爷；别的不谈，至少我不会把你的事泄露出去。

范　顿　不止一次我把心事向你吐露过，
我爱秀丽的安妮爱得多么深；
我爱她，她也拿一片情意来回报，
要是她的亲事她自己能做主，
那我就不难称心如愿了。刚才，
我接到她一封信，你读了准会嚷：
“有这样的事！”她给我出了个好主意，
可这又是跟一个大笑料分不开的；
要谈到我们的事儿，就得提一提
那个笑料儿，要给你讲那个笑料儿，

就得说一说我俩的打算。这一回
那胖子福斯塔夫可要当场出洋相啦。
究竟要什么花招，好在有信在这儿，
我都跟你说了吧。
（拿出一信）听着，我的店主东，
今晚，十二点到一点，在赫恩橡树旁，
我那可爱的妮妮扮成一个仙后——
这干吗呢？信上可写得明白：她爸爸
要她趁大伙儿正笑得人仰马翻、
闹得乱哄哄的当儿，悄悄溜走，
就这么仙后打扮，一路跟着史兰德
赶到伊登和他当场结婚。她答应了。
可是，店主东，
她妈妈就是反对这一门亲事，
说什么也要把女儿嫁给凯乌斯，
关照那个大夫——也是来那一套，
趁大家兴高采烈，心不在焉的当儿，
拖了她就走，把她带到教堂旁边
副主教的家中，早有牧师守在那儿，
等他们一到，就给两人举行婚礼。
妈妈想出了这妙计，女儿口头上
也同意了，只说愿意听妈妈的安排，
嫁给那个大夫。现在，事情就这样：
她父亲要她穿一身白衣白裙；

史兰德好把她认出来，看准机会，
好拉着她的手，叫她跟着走；她呢，
就得跟着那哥儿走。她的妈妈，
为了让那位大夫有个目标——
因为大家都戴着脸罩和假面具——
叫她穿一身翠绿宽松的袍子，
头上系着红艳艳轻飘飘的缎带儿，
那大夫看准好下手了，便上前来
把她的手儿捏一把，就算是暗号；
姑娘答应那时候就跟着他走。

店　　主　她打算欺骗谁呢：她娘还是她爹？

范　　顿　骗了娘又骗爹，店主东，她要跟我
一块儿溜走。事情就这样：请给我
找个牧师，十二点到一点，在教堂里
等候着，为两个心心相印的有情人，
合法地举行那结为夫妇的婚礼。

店　　主　好，你安排你自个儿的巧机关：
把姑娘带了来，牧师就包在我身上了。

范　　顿　那我就永远欠着你这一份儿情；
此外，我还要很快就报答你呢。

［同下］

第五幕

第一景　“吊袜带”客店

［福斯塔夫及桂嫂上］

福斯塔夫　得啦，别只管噜苏了！去吧。我说去就去，就是了。这是第三回了；我但愿单数是个吉祥之兆。走吧！可以去了。人家都说，单数是用来占卜的——不管是出生、是机缘，还是死亡。走吧！

桂　　嫂　我去给你弄一根链条来；再尽力想办法给你去弄一

对鹿角来。

福斯塔夫 走吧，我说！时间不早了。抬起你的头，扭扭腰肢走吧。

［桂嫂下］

［傅德乔装上］

喂，怎么，白罗克大爷吗？白罗克大爷，这事儿有苗头没苗头，千年万年，但看今晚了。你在半夜时分，到林苑那儿去，守在赫恩橡树下，包管你看到稀奇的事儿。

傅　　德 昨天你没有到她家去吗？——老爷，你不是告诉我，她昨天跟你有约会吗？

福斯塔夫 我看她去了，白罗克大爷，我到她那儿去的时候，正像你这会儿看到的那样，跟一个可怜的老头儿不差多少；我从她那儿回来的时候，白罗克大爷，可成了一个可怜的老婆子啦。还不又是为了那个奴才傅德——她那汉子，白罗克大爷——有个不可收拾的吃醋鬼钻进了他的心窍，叫他简直如同着了疯魔一般。不瞒你说，他看我是个娘儿模样，一顿棍子把我打得好惨哪！——要是让他瞧瞧，我本是个男子汉，白罗克大爷，就是那巨人歌利亚拿着一根织布的机轴，① 我也

① 参阅《圣经·旧约·撒母耳记》（上）第 17 章第 4 节："从非利士营中出来一个讨战的人，名叫歌利亚……枪杆粗如织布的机轴。"

不怕呢——说什么“光阴如箭、日月如梭”！
我手边还有事情等着要办呢；跟我一块儿走吧，我可以把一切都对你讲，白罗克大爷。自从我小时拔鹅毛、逃学、抽陀螺，挨过打，直到昨天才又尝到了棍子的滋味。跟我来吧。我可以告诉你那个姓傅德的奴才的许多事儿，你才想不到呢。今天晚上，我可要跟他把旧账都算清了，接着就把他的老婆交在你手里。跟我来吧。好戏在后头呢，白罗克大爷！跟我来吧。

［同下］

第二景　温莎林苑

［裴琪，夏禄，及史兰德上］

裴　琪　来，来！我们就在这城堡外面的壕沟里埋伏好，等到瞧见了我们的小仙子的火光，再钻出来。记住我的女儿，好女婿。

史兰德　记得住，没错的。我已经跟她谈过了，讲好两人之间用个什么暗号。我看见她穿着白袍子，就走上前去大喝一声：“叔叔！”她就嚷：“精光！”[①] 这么

① 意谓“输（叔）个‘精光’”，这无疑是安妮想出来的花招。原文：“mum”（姆）“budget”（一布袋）是“mumbudget”的折字格，这词儿本是孩子游戏，输方用以表示负气的呼喊声。（据“新莎士比亚版”注释）

着，她就知道是我，我也知道是她了。

夏　　禄　这倒也好。不过干吗要一个叫“叔叔”，一个嚷“精光”呢？只要一看见白袍子就分明知道是她了——已经敲十点钟了啦。

裴　　琪　今晚上没有月亮，黑沉沉的；正好让精灵和鬼火出现。上天保佑我们这一场玩意儿吧！好在谁也不怀着什么恶意，只除了那个魔鬼——只要看见谁头上顶着一对角，就知道谁是那个魔鬼了。[①]咱们走吧；跟我来。

［下］

第三景　林苑附近

［裴琪大娘，傅德大娘，及凯乌斯大夫上］

裴琪大娘　大夫先生，我的女儿穿一身绿袍子，你看准机会，上前拉住了她的手就走，把她带到主教的宅子，当场就把那桩事儿办了。你先到林苑里去，我们两个可得一块儿走。

大　　夫　不消说得，该怎么办我都知道了。回头见。

裴琪大娘　祝你称心如意吧，大夫。

---

① 当时的迷信观念，以为魔鬼头上出角。

［大夫下］

我那男人把福斯塔夫捉弄了一番，正自兴高采烈，哪儿想到，他的女儿倒跟着大夫跑了，二人结了婚了；这一下要笑也笑不出来，可要把他气死了——可是管它呢，骂就骂几句吧，总比心碎了、肠断了好些呀。

傅德大娘 妮妮和她那一队小精灵，这会儿在哪儿？还有那个扮做妖怪的威尔士牧师呢？

裴琪大娘 他们都在赫恩橡树旁的一个土坑里埋伏好了，灯火都遮了起来。一等到福斯塔夫赶来，刚和我们见了面，他们就顿时在黑夜里显现了。

傅德大娘 说什么也得叫他大吃一惊。

裴琪大娘 他逃过了惊慌，也逃不了讥嘲呀。他要是吓得个不得了，那更是要让咱们取笑个了不得。

傅德大娘 咱们可要好好地叫他上个大当。

裴琪大娘 对付这种伤风败俗的淫棍，
虚情假意算不得丧了良心。

傅德大娘 时间不早，快到橡树那儿去，快到橡树那儿去吧！

［同下］

第四景　林苑

［休牧师化装成妖怪，率领扮演小仙子的孩子们上］

牧　师　快步走，快步走，小仙子们；来吧！记住你们的台词儿。请大家放大胆子好了。跟着我到土坑里来吧。但听我一声号令，你们就一齐照着我的话做。来，来；快步走，快步走！

［同下］

第五景　林苑，橡树底下

［福斯塔夫扮猎人赫恩，头插鹿角上］

福斯塔夫　温莎的钟已经敲过十二点；时间一分钟比一分钟更近了。啊，淫荡的天神，求你们帮个忙吧！别忘了，天帝，你自个儿为了看中尤萝芭，变做了一头公牛，爱情给你头上插上了一对犄角。啊，好强大的爱情！有时候它叫畜生变成了人，有时候，它又叫人变成了畜生！你自己也是这样，天帝，只为了看中丽达，你又变成了一头天鹅。①啊，万能的爱情！你把天上的神明差些儿变做一头蠢鹅；这可真是罪过啊，首先是不该变成了一头畜生——啊，老天爷，

---

① 希腊神话中的天帝变做白公牛在海边劫走少女尤萝芭（Europa），以及变做天鹅和岛上的少女丽达（Leda）热恋的故事，均见奥维德《变形记》2，833 以下及6，109 以下。

这罪过可真没有一点儿人气味！紧接着又不该变做了一只野禽——想想吧，老天爷，这可是禽兽一般的罪过啊！连天上的神明都要犯这好色的毛病，叫我们可怜的凡人还有什么办法想呢？
说到我，我是这儿温莎的一头雄鹿啊——我看还是森林中最胖的一头雄鹿呢。天老爷，让我过一个凉快的交配期吧，否则谁能怪得了我要排泄脂肪呢？——谁来啦？我的母鹿吗？

［傅德大娘上，裴琪大娘随上］

傅德大娘 约翰老爷！你在这儿吗，我的公鹿？我的好公鹿？

福斯塔夫 我的黑尾巴母鹿！让老天爷下雨下的是山芋[①]吧，打雷打的是《绿袖子》的调子，落冰雹落的是“亲嘴糖梅子”[②]，飘雪花飘的是春情草的甜根儿吧！狂热的暴风雨要来就来吧，只要让我躲在你的怀里就行了。

（把她搂进怀里）

傅德大娘 裴琪大娘也跟我一起来呢，心肝儿。

福斯塔夫 把我当做一头偷来的公鹿一般一分为二吧——你们

---

① 山芋，指“甜山芋”（sweet potato）而言，当时用作春药。下句《绿袖子》是当时一首流行的带有色情的小曲。

② 亲嘴糖梅子，指加香料的糖食，使气息芬芳。春情草，原文“eringoes”，当时认为是兴奋剂。

俩一个儿拿一条大腿去，留下的肋条归我自个儿；肩膀肉送给这儿看林子的；我头上的一对犄角就留给你们的男人吧。你看我模样儿不是一个打柴的吗，嗯？你听我说话不像猎人赫恩吧？嘿，这一回小爱神算是一个有良心的孩子；他补报我啦。我这个忠诚的鬼魂在这儿欢迎你们了。

[传来一片喧闹声]

裴琪大娘 哎哟，那是什么声音呀？

傅德大娘 老天饶恕我们的罪孽吧！

福斯塔夫 这一回要闹出什么事来呀？

裴琪大娘、傅德大娘 快逃！快逃吧！

[二大娘奔下]

福斯塔夫 依我看来，魔鬼倒是偏不肯把我打入地狱呢；他看见我一身都是油脂，只怕会引起地狱里一场大火灾，可不是好玩的，否则他决不能这么跟我捣蛋的呀！

[牧师扮半人半羊的山林精；火枪扮小妖精；
安妮·裴琪扮仙后；威廉及孩子们
扮众小仙子，头插小蜡烛，且歌且舞上]

安　　妮 众仙子：有黑有绿有白有黄，*

---

* 有些版本根据“对开本”把这里一段和以下三段台词都归给桂嫂。

月光下狂欢，黑夜里飘荡；
命运的孤儿，无爷又无娘，①
各自要把职责来担当。
传令的小妖，遍谕众仙子知晓。

火　　枪　众精灵，听候呼唤，不许喧闹。
蝈蝈儿，你跳进温莎的烟囱，
发现炉子没有扫，炉火没扒拢，
就把那女仆拧得梅子一般青，
懒惰的脏丫头，我们仙后最痛恨！

福斯塔夫　神仙来了——跟神仙说话，性命难保！
我躺下，把眼闭了——神仙不许人偷瞧。

[脸贴地，趴着]

牧　　师　念珠儿呢？②你去看看，有哪家姑娘
念了三遍祷告，方才上床；
让她的幻梦，在空中飞舞翩跹，
让她的睡眠，像婴儿般香甜。
谁不反省自己的过失就入睡，
拧她的腿臂、她的腰肢和肩背。

安　　妮　四面兜，四处走！
小精灵，把温莎城堡内外搜。
小仙子，降福于一间间神圣的屋内，

---

① 传说小仙子从天而降，并非胎生，故说是无爷无娘的孤儿。（“耶鲁版”）

② 念珠儿，小精灵的名字。

这华厦就此天长地久，永远存在，
富丽堂皇，无愧于主人的身份，
那主人住这楼阁，可正好相称。
把一个个宝座，小心儿用香料
熏得香香的，用鲜花四周环绕——
那诰封爵士的宝座漆着纹章，
要永远蒙受祝福，在这世上！
小仙子，夜夜都要降临到牧场，
手挽手，拉成一圈，跳舞歌唱；
沿着你们踩过的一圈脚印，
那儿的青草就格外青葱茂盛。
绿绒毡上，一簇簇花儿有红有黄，
仿佛写道："良心坏，不会有好下场。"
像翡翠，像珍珠，像五彩的锦绣
（英雄的骑士在膝盖下紧扣）；
仙子们把一簇簇花儿当做符咒。
去吧，散了吧，等钟敲罢一点，
可别忘了老规矩，来到橡树边，
绕着赫恩猎夫的橡树，唱歌跳舞。

牧　　师　大家紧拉着手，排成整齐的队伍。

［众仙子团团围绕橡树］

二十个萤火虫给我们做灯笼，
照见我们绕着橡树舞兴浓。
且慢！我这里闻到一股凡人的气味！

福斯塔夫　老天爷保佑，别让那个威尔士精灵瞧见我，
他会把我变成一块干奶酪！

火　　枪　（来到匐伏着的福斯塔夫跟前）
你这狗头，生下来就招祸惹灾！

安　　妮　且用烈火烧一烧他的指尖——
他若是心地纯洁，就不怕火焰；
他如果烧得喊痛，直跳直叫，
那个家伙的良心，一定不好！

火　　枪　来，试它一试！

牧　　师　来，这木头怕不怕火？

［众仙子用小蜡烛烧福斯塔夫的手指］

福斯塔夫　［痛得直跳直叫］
哎哟！哎哟！哎哟！

安　　妮　坏良心，坏良心，一肚子邪念欲火！
众仙子，围住他，唱个歌儿取笑他；
你一跳，我一蹦，一人把他拧一把。

［众仙子且舞且歌］

羞不羞，罪恶的念头！
羞不羞，偷鸡摸狗！
“淫欲”是胸中一把火焰，

肮脏的“邪念”把柴来添；
“痴心”把火苗来点亮，
“妄想”把火焰来扇旺。

仙子们，大家来把他拧，
责问他，敢不敢再偷情！

把他拧，把他烧，把他拖着转几圈；
蜡灭了，星暗了，月下了，再放他回家转。

［众仙子边唱歌边拧他］

［凯乌斯大夫从左边上，悄悄拖着一个……
穿绿衣的小仙子就走］

［史兰德从右边上，悄悄拖着一个穿白衣的
小仙子就走］

［范顿上，挽着安妮悄悄溜走］

［远处传来猎人的号角声、犬吠声，……
众小仙子及牧师等各自溜走］

［福斯塔夫站起身来，扯下鹿头，正要逃走；
裴琪，傅德，及两位大娘上，拦住他］

裴　琪　慢着点，别逃啊！这回可给咱们抓住了——①只有猎人赫恩才帮得了你的忙吗？

裴琪大娘　得了，听我说，别把玩笑开下去了。②

① “新莎士比亚版”加舞台指示：“福斯塔夫又想用鹿头把脸蒙住。”
② “新莎士比亚版”加舞台指示：“福斯塔夫把鹿头摘下，扔掉。”

好爵爷，温莎的娘儿们配不配你胃口？

（指着福斯塔夫脚下的鹿头）

看见这个吗，丈夫？这对鹿角多有样儿！

留在林子里不是比拿回城里更合适吗？

傅　　德 嗳，老爷，现在谁做了那头上出角的王八啦？白罗克大爷，福斯塔夫是一个奴才，一个头上出角、该当王八的奴才。瞧他那对犄角还在这儿呢，白罗克大爷。再说，白罗克大爷，他从傅德那里什么也没有捞到——除非是捞到了他那一只洗衣篓子，他那一根粗棍子，加上他那二十个金镑——那一笔钱他非归还白罗克大爷不可。他那几匹马儿已经给扣押了，不怕他不还，白罗克大爷。

傅德大娘 约翰老爷，只怨我们没有缘分，每次总是好事多磨。从今以后我再也不拿你当做我的情人了，可是我心里头要永远把你看做我的公鹿。

福斯塔夫 顶到这会儿，可让我瞧出来了，原来你们拿我当一头蠢驴。

傅　　德 岂敢，外加做了一头笨牛。蠢驴和笨牛，二者都是明摆着的。

福斯塔夫 原来这些人并不是小仙子吗？我早就有三四回，疑心他们可不是什么小仙子；都是因为我自个儿有了亏心事，又万不防忽然会来这么一着，把我给怔住了，连这么荒乎其唐的骗局也居然信以为真啦——正是：聪明一世，懵懂一时，真把他们当做小仙子啦。大家瞧，这么个玲珑剔透的人儿也会变做一个牵线的木头人，只因为聪明用错了地方！

牧　师　约翰·福斯塔夫爵士，① 信奉上帝，克制邪念，小仙子就不会来拧你了。

傅　德　说得好，休大仙。

牧　师　依我说，你也别这么一股劲儿地吃你的醋吧。

傅　德　从此以后，我再也不会不放心我的妻子了——除非有一天，你啊，会说一口道地的英国话来追求她。

福斯塔夫　难道我把自己的脑子剜出来放在老太阳里晒干了，连一丝丝的聪明都没有了，所以连这么荒唐透顶的把戏都瞧不出来了吗？难道连一只威尔士老山羊都骑到我头上来了？看来我就该用威尔士土布做一顶“鸡冠帽”② 给自己戴上吗？这么说，我连烤过的干乳酪也不会吃，把喉咙都哽住了呢。

牧　师　钢丝酪是熬不出什么鸟油来的；③ 你这大肚子里倒是装满了鸟油呢。

福斯塔夫　“钢丝酪”，又是“鸟油”！想不到我活到今天只落得让一个连英国话都说不清楚的家伙来取笑吗？做夜游神、做采花贼，做到这个地步，也可以收摊歇业喽！

---

① “新莎士比亚版”在这句前加舞台指示：“回来，已摘下山林精的面罩。”

② 鸡冠帽，古时宫廷中的傻子身穿五彩衣，头戴红色鸡冠帽。

③ 应说“干乳酪”，“牛油”。

裴琪大娘 我说，约翰老爷，尽管我们硬是把清白良心都豁出去，不要了，只为找野食吃，连眉头也不皱一下，情愿下地狱去走一遭；可是有什么魔鬼附在你身上，倒叫你以为我们俩有这么个好胃口，把你看中了？

傅 德 什么，看中一条碎什腊肠？一袋亚麻？

裴琪大娘 一个填塞满了的大肚子？

裴 琪 又老、又冷、又干瘪，外加一个叫人受不了的大脓包？

傅 德 这么个像魔鬼般惯会造谣生事的家伙？

裴 琪 凭他这么个像约伯一般的穷老头儿？①

傅 德 何况又像约伯的老婆一样坏良心？②

牧 师 凭他会偷女人，会坐酒店，会喝白酒、黄酒、蜜酒？会花天酒地，咒天骂地？会瞪着两眼，咭咭呱呱、哗啦哗啦？

福斯塔夫 唉，我成了你们的话柄啦！这回算你们占了我的上风；我抬不起头来啦。叫我拿什么话对付这头威尔士山羊呢？聪明人反而在一窍不通的浑蛋面前出了丑。也罢，我听候你们发落吧！

傅 德 好吧，老爷，我们要把你带回温莎，带到一位叫做白罗克的大爷那儿；你诈骗了他的钱，怎么没有替他做牵线呀。这一回你吃亏吃大了，再叫你吐出那

---

① 参阅《亨利四世》（下）1，2，144：福斯塔夫说自己“我穷得跟约伯一个样儿”。约伯是《旧约全书》中的人物。

② 约伯的妻子怂恿约伯诅咒上帝。（见《约伯记》2，9）

笔钱来，我看就像割下一块肉似的吧。*

裴　　琪　得了，别垂头丧气，爵士。今天晚上，请你到我家来喝杯牛奶酒；我的女人这会儿取笑你，那时候我也让你取笑取笑她；告诉她，史兰德少爷已经把她的女儿娶过去了。

裴琪大娘　（自语）江湖郎中卖什么假药；如果安妮·裴琪是我生下的女儿，那么这会儿她已经成了凯乌斯大夫的妻子啦。

［史兰德上］

史 兰 德　哎哟，哎哟哟！不好了，岳父大人！

裴　　琪　好女婿，怎么了！怎么了，好女婿！把事情办成了吗？

史 兰 德　办成了？我要让格洛斯德郡的头面人物都来听听这回事儿。要不，你们就把我吊死好了，啦！

裴　　琪　出了什么事呀，好女婿？

史 兰 德　我拉着安妮·裴琪小姐一路来到伊东，正要跟她结婚，哪想到她——粗手笨脚，好大的一个男孩子！要不是在教堂里，我早就把他揍一顿啦——没准儿是我

---

*　傅德说完以后，"牛津版"根据"四开本"，补入以下两段台词：

傅德大娘　丈夫，他坏有坏报，那也就算了；那笔钱也别再计较了，免得伤了和气。

傅　　德　好吧，咱们拉拉手，过去事一笔勾销吧。

让他揍一顿。我还道他真的就是安妮·裴琪呢；白起劲了一通，真犯不着！——哪儿想到，原来是驿站长的儿子！

裴　　琪　我敢打赌，那一定是你瞎猫拖了死老鼠啦。

史 兰 德　那还用你告诉我这个吗？我把一个男孩子当做一个女孩子，这我也知道是拖错人了。要是我真的当场和他结了婚，虽然他穿一身娘儿的衣裳，我还是不要他做老婆的。

裴　　琪　嘿，只怪你自己太笨了。我不是告诉过你，我女儿穿的什么衣裳，不要弄错吗？

史 兰 德　我看见她穿一身白衣袍子，就上前去嚷了一声"叔叔"，她那边答声儿说："精精光"——安妮和我就是这么约好的。谁知道他不是安妮，却是驿站长的儿子！

裴琪大娘　好乔治，你别气恼；你这个玩意儿我早知道了，所以有意叫我的女儿不穿白的穿绿的——不瞒你说吧，这会儿她跟大夫两个正在副主教家里举行婚礼呢。

［凯乌斯大夫上］

大　　夫　裴琪大娘在哪里？天哪，我上了人家的当啦！我跟一个小鬼，一个男孩儿，一个乡下佬结了婚——天哪，一个男孩儿！他才不是安妮·裴琪呢。天哪，我上了人家的当啦！

裴琪大娘 嗳，你可是看清了她穿着打扮一身翠绿，才把她拖走的吗？

大　　夫 可不是，天哪，可是结果，天哪，却拖来一个男孩儿！老爹，我要把全温莎都闹翻了！

［下］

傅　　德 这倒奇了。真正的安妮落在谁的手里了呀？

裴　　琪 我的心里很不踏实——范顿少爷来啦。

［范顿挽安妮上］

怎么样，范顿少爷？

安　　妮 （跪下）

原谅我吧，好爸爸！我的好妈妈，原谅我吧！

裴　　琪 喂，我的小姐，你怎么倒不曾跟着史兰德少爷走？

裴琪大娘 姑娘，你怎么不跟着我那位大夫走？

范　　顿 你们叫她愣住了。我全说出来吧。

你们的主意可就是要她嫁人，

不管她跟对方有多少的“爱情”——

像这样的嫁人真是丢尽了脸。

要说那真情实况，她跟我两个儿

早就订下了终身；现在，更觉得

海枯石烂，再不能把我们俩分开。

她干下了“错事”，可这错误是神圣的；

她骗了爹娘，这欺骗，说不上奸诈，

说不上不孝，说不上违抗家长；
因为要这样，她才能摆脱了，逃避了
那父母之命的婚姻给她带来的
数不清不敬神明的可诅咒的日子。

傅　　德　你们别发愣啦；生米煮成熟饭啦。
　爱情这回事，自有上天来做主；
　买田，挣钱；娶老婆，要靠命数。

福斯塔夫　我太高兴了。你们像埋伏在坑里的猎人那样算计我，
原来你们射出去的箭却也会落个空！

裴　　琪　得啦，有什么办法呢？——范顿，祝福你吧！
摔不开、摆不掉的，只好跟它来拥抱。

福斯塔夫　猎狗晚上出现了，大小鹿儿一齐逃。

裴琪大娘　得啦，我何必再抱怨呢。范顿少爷，
愿上天赐你一长串幸福的日子！
好丈夫，我们大家都回家去吧；
围着村舍的壁炉，有说有笑地
谈今天这开心的事儿吧——约翰老爷
和大家在一起。

傅　　德　　　　　　就这样吧。约翰老爷，
在白罗克大爷跟前你并不曾胡吹；
今晚上，果然有傅德大娘来陪他睡。

［同下］

考　证

版　本

1602 年 1 月 28 日，《温莎的风流娘儿们》载入伦敦书业公所的申请出版登记录，同年出版。这是个错误百出、残缺不全的盗印本，只有一千五百多行，仅及后出本（1623）的半数，被称为“坏四开本”，可能是由剧中配角演员凭事后记忆默写而成的；其中店主一角的台词差错较小，因此这默写者有可能即是演店主的配角。

在人物上下场等舞台指示上，“坏四开本”比后出的“对开本”较为充实，傅德去试探福斯塔夫，自称“Brook”（白罗克），为现代各版本所采用；“对开本”则为“Broom”（白罗姆），可能后来剧团在宫廷或贵族府邸献艺，为避免冒犯当时的贵族白罗克，而改动了原来的名字。

此外，现代版本间或从“坏四开本”补充“对开本”所没有的个别台词，如福斯塔夫第一次受愚弄。裴琪大娘故意责问他用情不专时，他谎称“就只爱你一个人”一句（第三幕第三景）即从“坏四开本”补入。

1623 年，“第 1 对开本”问世，收入这一喜剧，据莎学家推断，系根据原稿的誊写本排印，后世编者在编纂这一喜剧时，都以此为底本。

写 作 年 份

关于《温莎的风流娘儿们》的当初问世，有一个传说流传下来，经过一百多年，还未湮没，在十八世纪初，进入文字记载，① 说是当时的英国女王伊丽莎白观看了《亨利四世》，芳心大悦，传令剧作家必须赶在两星期内写出一个福斯塔夫谈情说爱的喜剧。

这一传说至少有两点值得注意，一是当时舞台上的福斯塔夫的巨大的艺术魅力；二是《温莎的风流娘儿们》当写在《亨利四世》之后。

喜剧中的福斯塔夫和他的班底，应是从历史剧中移植过来，而不大可能（像当代有些学者所设想的）是从喜剧移植到历史剧。有了一个妙语如珠、口角生风、笑话别人的福斯塔夫，于是再来一个受骗上当、被别人笑话的福斯塔夫，引起另一番笑声，这是顺理成章的。试想如果舞台上首先出现的是个倒霉蛋福斯塔夫，然后再为他树立起一个才气横溢、不可一世的形象就难了。

---

① 1702 年，英国文人丹尼斯（J. Dennis）首先提到；1709 年，尼可拉·罗（Nicholas Rowe）又把传说写进他编纂的莎剧全集的序言里。

美国学者斯宾塞进一步认为莎翁完成《亨利四世》之后，下一部戏剧应是有连贯性的《亨利五世》，不大会另起炉灶，去写断了线的喜剧，他的论述很有说服力。①《亨利五世》写于1599年，《温莎的风流娘儿们》最有可能的写作年份当在1600年左右。

取材来源

在莎翁进入他创作的成熟期后，这是惟一的一部以较浓厚的生活气息，把新兴的市民阶层的家庭生活搬上了舞台的喜剧，在当时这几乎可以称之为“现代剧”。喜剧有好几条情节线同时进行，都很难提出直接的取材来源，很可能出自剧作家的构思，或者直接取材于周围的现实生活。

这是莎翁在情节构架上无所依傍的少数剧作之一。

---

① 见 H. Spencer, “The Life and Art of William Shakespeare”, p. 273。

图书在版编目(CIP)数据

温莎的风流娘儿们 / (英) 莎士比亚(Shakespeare,W.) 著;方平译.
—上海: 上海译文出版社, 2016.3
(诗体插图珍藏本莎士比亚作品集)
书名原文: The Merry Wives of Windsor
ISBN 978-7-5327-7190-5

Ⅰ.①温… Ⅱ.①莎… ②方… Ⅲ.①喜剧-剧本-英国-中世纪 Ⅳ.①I561.33

中国版本图书馆 CIP 数据核字(2015)第 310568 号

William Shakespeare
THE MERRY WIVES OF WINDSOR

温莎的风流娘儿们
[英] 威廉·莎士比亚 著 方 平 译
责任编辑/冯 涛 装帧设计/张志全工作室

上海世纪出版股份有限公司
译文出版社出版
网址: www.yiwen.com.cn
上海世纪出版股份有限公司发行中心发行
200001 上海福建中路 193 号 www.ewen.co
上海中华商务联合印刷有限公司印刷

开本 787×1092 1/32 印张 5.75 插页 5 字数 65,000
2016 年 3 月第 1 版 2016 年 3 月第 1 次印刷
印数: 0,001—3,000 册

ISBN 978-7-5327-7190-5/I·4366
定价: 29.00 元